ÀS SEIS EM PONTO

ELVIRA VIGNA

ÀS SEIS EM PONTO

COMPANHIA DAS LETRAS

Copyright © 1998 by Elvira Vigna

Capa:
Silvia Ribeiro

Foto de capa:
André Kertész
© *Ministère de la Culture — France*

Preparação:
Márcia Copola

Revisão:
Ana Maria Alvares
Carmen S. da Costa

Dados Internacionais de Catalogação na Publicação (CIP)
(Câmara Brasileira do Livro, SP, Brasil)

Vigna, Elvira
Às seis em ponto / Elvira Vigna. — São Paulo :
Companhia das Letras, 1998.

ISBN 85-7164-829-8

1. Ficção brasileira I. Título.

98-3704   CDD-869.935

Índices para catálogo sistemático:
1. Ficção : Século 20 : Literatura brasileira
869.935
2. Século 20 : Ficção : Literatura brasileira
869.935

1998

Todos os direitos desta edição reservados à
EDITORA SCHWARCZ LTDA.
Rua Bandeira Paulista, 702, cj. 72
04532-002 — São Paulo — SP
Telefone: (011) 866-0801
Fax: (011) 866-0814
e-mail: coletras@mtecnetsp.com.br

ÀS SEIS EM PONTO

1

Não estou bem. O perfume me enjoa. Fome também. E os camparis. E a Baixada, cuspindo ônibus, carro velho, kombi, de supetão na frente do carro, soltando fumaça negra, o carro no máximo a sessenta, às vezes menos, porque Haroldo é prudente e freia antes, bem antes, e não ultrapassa quando não dá. Na dúvida ultrapasse. Mas ele não, não sai de trás da fumaça, mas se eu fechar a janela piora.

É bem simples. É só contar.

Haroldo, eu estive em Miracema sexta passada.

Eu sei que ele já sabe. O papelzinho.

O papelzinho balança pendurado no guidom, não é guidom, é direção. Coisas que ficam. Guidom, eu repito minha mãe nas suas palavras tão finas, aprendidas tardiamente e por isso mesmo colocadas nas frases como jóias — das que ela comprava uma depois da outra, em prestações. E que depois observava, virando e revirando a jóia e o português, a concordância, a pronúncia nos esses, erros sempre à espreita, imperfeições a ser banidas, inadmissíveis carvões em diamante. Uma vez ela foi operada. Deitada na cama, perguntou à enfermeira que entrava: a senhora agora vai fazer minha toalete? E a mulher ficou olhando para ela, sem entender. Aí entendeu. Ah! raspar os pentelhos? É, é agora. E saiu rindo — toalete! — para pegar a gilete.

Haroldo, sexta-feira passada eu levantei às seis em ponto.

Um bom título para uma história:

A MULHER QUE LEVANTAVA ÀS SEIS EM PONTO

E é também por isso que não estou bem. Cansaço, acordei cedo, seis horas é cedo. Se eu pudesse desgrudar os olhos das casinhas com seus tetos abaixo do nível da estrada, varal, antena, árvore, luzes que se acendem, garotos tardios empinando ainda suas pipas, eu olhava para o relógio — deve estar na hora do uísque —, mas não posso fazer nenhum movimento. Qualquer movimento e tudo se precipita, perguntas, olhares e vômito. O papelzinho balança preso no guidom e eu sei, sem olhar, sem me mexer, que seus números estarão repetidos. Também não é necessário que eu olhe Haroldo para saber: as duas mãos na direção, o olhar na estrada, a velocidade constante sempre que dá porque às vezes não dá e na Baixada nunca dá e eu tenho a impressão de que tanta constância não mais dará, mesmo depois, o carro estacionado, a sala, nós dois de pé na sala.

Haroldo, foi médio, nós.

Mas esta história não é para ele, esta faz parte de outro repertório, um que é apresentado e reapresentado em salas, outras salas, frescas, com plantas, almofadas, mulheres de saias compridas, chá.

* * *

Hoje eu acordei às seis horas.

E não pensei em como seria essa minha ida a Miracema, que acabou sendo não minha ida mas nossa ida, minha e de Haroldo, a Miracema. Eu acordei e tornei a fechar os olhos e não pensei em Miracema, pensei em ontem. E pensei: foi médio.

A MULHER QUE ACHAVA MÉDIO
(seria o título)

Acordei às seis e eu sei que acordei às seis porque acordo todos os dias às seis, mas apesar de saber disso confiro, mesmo assim, os numerozinhos verdes — marcianinhos afinal, do jeito mesmo que sempre nos disseram que existiam. Um certo prazer em me dizer: ainda seis. E em não conseguir dormir outra vez, mesmo assim.

Torno a fechar o olho de qualquer maneira porque gosto, quando acordo, de fazer uma espécie de contabilidade do dia anterior: devo começar este novo dia triste? alegre?

E a contabilidade de hoje, minhas amigas de saias compridas, foi a seguinte: foi médio.

Olho para o horizonte, de onde poderiam surgir vultos conhecidos, andando como nuvens deslizam. E quando eu digo isso: foi médio, lábios se apertam, olhares me fuzilam e a mais sincera — Lúcia? Vera? — berra histérica que eu sou doida, completamente doida.

Porque, é verdade, depois da primeira que, como sempre, foi muito boa, ainda consegui extrair uma segundinha aos ganidos despudorados antes de desabar sem fôlego — um dia desses eu fico definitivamente velha — em cima do peito dele.

Consenso geral verbalizado pelas nuvens no horizonte: eu não dou valor ao que tenho.

E estivera eu em uma dessas salas frescas, com plantas, almofadas, e uma de nós levantar-se-ia declarando categórica: vou esquentar a água do chá. E, ao passar por mim, esbarraria violenta no suporte do vaso na parede, no vaso e não em mim, porque faltou coragem de me empurrar, me unhar, homem é tão raro e eu fico esnobando.

Contamos tudo de nós, nós, nessas salas. Dizem que nós, mulheres, somos assim, contamos. Dizemos que sim, é verdade, contamos tudo. Mas não é bem assim. Contamos histórias. Não é a mesma coisa. E são histórias específicas, pertencem não bem a nós mas a essas salas, saias, samambaias, chá ou vinho branco. Um homem presente e as histórias não aconteceriam.

Haroldo, eu não vou contar.

Fiz um erro. Mais de um. Mas vou me ater ao erro de hoje, está sendo um erro eu neste carro, Haroldo na direção, o papelzinho na direção, a Baixada ao meu dispor e eu sem conseguir prestar atenção na Baixada, perdendo portanto a oportunidade de prestar atenção na Baixada, gosto tanto de, andando de carro, ficar olhando tudo. Não estou dirigindo, poderia olhar, seria tão bom deixar o olhar na Baixada ao longe, tão longe, a distância ideal: a do carro que passa na sua velocidade hipnotizante e repetitiva mesmo quando não constante, os ritmos diferentes se repetem afinal — igual a estar parado mas longe. E ao longe a Baixada. A vida inteira neste equilíbrio de uma velocidade que não se move, e a Baixada.

Acidentes de trânsito, diz a placa, você também é responsável. Cinto de segurança — seu amigo do peito —,

Luminosos Vitória, Pneus Michelin, Assembléia de Deus — culto às sete.

Haroldo pode escolher entre Penha, Região Serrana e Brasília, mas ele segue reto. Atenção ao cruzar a pista, mas ele não cruza. Bob's, Benfica Pneus, Stoptime Hotel. Eu sei qual foi meu erro de hoje. Foi o mesmo erro de sempre, o erro lagoa-da-conceição.

A MULHER QUE ERA UMA LAGOA DA CONCEIÇÃO

Quando eu acordo, hoje de manhã, abro os olhos, fecho os olhos e torno a abrir os olhos. Entra uma luz pela cortina. A luz vem por trás dos pêlos do peito de Haroldo e eu fico parada olhando os pêlos, que a luz torna dourados, e a poeira do ar, que a luz também torna dourada. Fico muito quieta pensando que o universo acabou e só resta isso: uma luz, pêlos e poeira que, para existirem, precisam de olhos, que por sua vez só estão ainda vivos porque há a luz, os pêlos e a poeira, e que todos — olhos, luz, poeira e pêlos — estão com muito medo, imobilizados pelo medo. Porque por um nada que seja, um movimento mesmo que só em pensamento, e tudo termina em um nanossegundo, incluindo os peixes, grandes, brancos e também imóveis, igualmente evitando qualquer movimento, lá no fundo sem luz do mar, os peixes sendo a antimatéria desta matéria matinal. Eu poderia ficar assim para sempre. E saber que eu efetivamente posso ficar assim para sempre me enche de um outro tipo de medo, este bem real. O antídoto é, claro, eu me mexer. Mas se me mexo, detono o oizinho, meu benzinho, cafezinho, sorrisinho. E então, hoje de manhã, achei que eu ainda merecia um tempo.

Me enganei.

O telefone toca.

Eu penso: não é possível.

Não outra vez.

E é nesse momento que me dá o primeiro — de uma série que, temo, ainda não acabou — mal-estar do dia. Porque na segunda-feira passada a empregada da minha mãe disse alô com sua voz aguda mais aguda ainda, como é possível alguém ter uma empregada com uma voz tão aguda.

E esse alô, como hoje de manhã, veio não eram nem sete ainda.

E ela disse, na segunda-feira passada, que quase teve um troço. Quase tive um troço, dona Tequinha. E emendou sobre como ela não teve nenhuma culpa de ter chegado tão tarde na noite anterior, uma desgraça dessa, dona Tequinha, e ela não estava em casa para acudir mas que eu não sabia o que ela passara, imagine eu que a colega dela tinha tido um problema e aí. Mas que eu ainda nem sabia o que tinha acontecido com meu pai e ela me aborrecendo com os problemas dela. Mas que ela chegou muito tarde de fato, embora não tivesse sido culpa dela, e como era tão tarde ela foi direto para o quarto dela e por isso ela nem viu e só naquele dia de manhã então viu.

E estava me telefonando porque dona Clotilde tinha pedido para ela telefonar.

Então, quando o telefone toca, hoje de manhã, eu fico achando que eu vou ouvir a empregada com sua voz aguda num paroxismo recorde de agudez dizer outra vez: uma desgraça, dona Tequinha.

Fica a pergunta que desgraça teria restado. Minha mãe pendurada no teto.

Minha mãe pendurada no lustre pelo pescoço. Que mau gosto, Maria Teresa. Que coisa de mau gosto. Imagine se eu iria ficar pendurada no lustre, as pernas penduradas. E depois a troco de quê? Não fiz nada.

Lady Macbeth em montagem pós-moderna, os lustres da casa de Miracema são de formiplac.

Me ocorre que eu teria uma impossibilidade técnica de produção: em formiplac os lustres se quebrariam com o peso do corpo pendurado e, por conseguinte, da lógica contemporânea, a mesma que nunca atrapalhou Shakespeare.

Mas, mesmo sem montagem, lady Macbeth tem razão. Não fizemos nada. Nenhum de nós, nem mesmo ele, o morto.

Haroldo, sexta-feira passada eu estive em Miracema e não fiz nada.

O Hotel Palmeiras, o Hotel Luxemburgo, o Capri Motel e Hotel — suítes, hidromassagem —, e o Las Vegas Motel — R$ 15,00, o amor ao alcance de todos — entram e saem da minha janela, em fila indiana. Mas hoje de manhã, ao contrário de agora quando nem os olhos, Haroldo ainda se movia.

Hoje de manhã o telefone toca, o universo volta a existir, e Haroldo se mexe na cama ao meu lado. Não são nem sete e ele levanta a cabeça, perplexo, me olhando como se fosse eu a fazer trim.

Ele pula da cama levando o lençol para se enrolar, pudico, mas eu chego a ver uma fatia de bunda branca flutuando em direção à minha estante, os lençóis sendo pardos, branca só a bunda.

Haroldo já foi um cachorro, começo, me dirigindo às nuvens do horizonte, saias laranja — que vão ficando vermelhas — se agitam e eu escuto as vozes de minhas amigas: lá vem a Teca outra vez, cachorro, imagine, um homão daquele.

O HOMEM QUE COMEÇOU SENDO UM CACHORRO

Domingos pela manhã eu acordo e faço sempre tudo sempre igual: café, cama, gata e planta. Saio para andar e ando. Canso e sento, um coco.

Em um domingo, eu ando, canso e sento. No meiofio. Passa o Haroldo, devagar, língua para fora, sem a menor pressa. Pára na minha frente e fica me olhando, as orelhas em pé mas não muito, a cabeça grande mas não muito, de um branco meio sujo, fica lá, só me olhando, simpático, solidário. A dona puxa papo.

Chama-se Haroldo, o cachorro. E está procurando noiva.

Dia seguinte, dez horas, na minha sala, a secretária bate o telefone, o senhor Plocó, que está fazendo um trabalho na empresa, precisa falar comigo um instantinho.

Ele entra, me estende o cartão, H. Plaucowzski Consultoria em Telecomunicações. Fica parado na minha frente, sem pressa. Eu tento ler o nome. Sorri simpático: pode me chamar de Haroldo. E fica lá, me olhando, a cabeça ligeiramente inclinada, os cabelos grisalhos mas não muito. Tenho vontade de perguntar se está procurando noiva, mas quem fala primeiro é ele: está procurando um lugar para colocar o cabo dele.

Quase eu acerto.

Os trins continuam, imperturbáveis, quando Haroldo, hoje de manhã cedo, já de volta da estante e sem bunda aparente, sem nada aparente (ele toma, pelo visto, mais cuidado com o nu frontal do que com o nu dorsal), me estende o telefone para que eu atenda, sempre tão cavalheiro. Meu alô sai forte, defensivo, para o caso de alguém perguntar se é da borracharia da esquina ou se for outra vez — nem sempre ficção é ficção — a voz da empregada da minha mãe, alô, é dona Tequinha? uma desgraça, dona Tequinha, imagina a senhora que.

Me ocorre que, caso seja de fato a empregada da minha mãe outra vez, eu teria a liberdade de ser absolutamente sincera, por uma vez pelo menos: dona Tequinha? sê-lo-ei eu, a dona Tequinha? Eu não tenho a menor idéia de quem é dona Tequinha, minha senhora, deve ser engano. Dona Tequinha será a mulher que está nua na cama pegando o telefone de um homão parado na frente dela? As unhas de uma dona Tequinha deveriam estar pintadas de vermelho, acho. E talvez ela fosse um pouco gorducha.

E tem mais: quando digo que uma dona Tequinha — esta, aquela, a das unhas pintadas de vermelho e um pouco gorducha e nua na cama — pega no telefone e o encosta em sua boca ainda com restinhos do batom da noite anterior, estaremos falando de telefone-telefone? acho que sim, não tenho paciência para metáforas, não antes das sete da manhã, mas é o Beto.

Devolvo o telefone para o Haroldo e digo, é o Beto.

Haroldo atende, diz sei, sei, olhando para mim e acho que foi aí, bem aí, que eu comecei a errar. Entrei nesse momento — estava distraída, seis da manhã — no meu papel de lagoa da conceição.

Porque Haroldo diz, sei, sei, não tem importância, filho, claro, claro, e olha para mim e foi nessa hora que eu deveria ter tido um olhar de distanciamento brechtiano bem cafajeste, é impressionante como o que foi considerado cultura, ontem mesmo, vira cafajeste num piscar de olhos. Mas meu olhar foi, ao contrário, solícito, o que foi?

Eu sempre digo que o Beto precisa de uma surra. Camisa social branca de bolso, noiva virgem, meia preta, colégio militar em regime de internato ou emprego em fábrica, seis da manhã o apito uóóóó, todo mundo na fila do refeitório para ganhar o pão com manteiga e polenguinho, o copo de café com leite, fábrica de concepção empresarial moderna, dá café da manhã para quem chega cedo e o filho do Haroldo é músico.

Música new age.

Very cool, man.

Tem dezesseis anos, brinco na orelha e me olha de igual para igual, bem dentro dos olhos, me chama de A Teresa, fico me sentindo uma corda. Ele não tem nem vestígio de cerimônia. Os sábados são passados com o pai. Com o pai, não. Com o sampler, o processador de sinal, o vocoder, o digital audiotape ao qual ele chama de o meu (meu-dele) velho dat, o seqüenciador, o minidisc Sony, todos computadorizados, que Haroldo comprou, depois da separação, uma isca.

Beto vai puxando as teclinhas de volume devagar para cima, a mão firme, lenta, o rosto concentrado, o olhar fixo em mim impassível, cada milímetro para cima são vários milhares de decibéis a mais. Faz isso toda vez que eu, estando lá, tento alguma conversa. Um refinamento sádico. Se esse garoto chegar à idade adulta vai dar um bom amante.

Hoje o Beto não vai poder, me informa Haroldo.

O Beto está chegando naquela hora na casa da mãe dele. A festa foi ótima. As pessoas adoraram. Ele é o máximo. E agora vai dormir porque mais tarde vai ter outra festa e ele tem de passar o som com a banda dele até no mais tardar o final da tarde.

E então Haroldo diz que se eu quiser, ele pode vir junto.

Não.

De jeito nenhum, não se preocupe, o que é isso, não tem sentido, imagine, você só vai se aborrecer, descansa aí, aproveita para resolver o que mesmo? qualquer coisa, pode deixar, eu vou bem, que besteira, são só duas horas, mas o que é isso, sei o caminho de cor, deixa de ser bobo.

Mas não adiantou, eu já tinha iniciado a derrapagem com meu olhar não brechtiano quando Haroldo falou sei, sei, no telefone com o Beto.

Era melhor ele vir junto porque eu estava nervosa, disse ele e acrescentou: é natural.

E sorriu.

E deu uns tapinhas de leve na minha cabeça e disse boniiiiita e coçou atrás da minha orelha e me estendeu meu biscoitinho favorito de ração: galinha com atum.

Não estou nervosa.

(Noto minha voz um pouco alterada.)

Mas, Tesinha, vou ficar aqui à toa.

A MULHER QUE TINHA MUITOS NOMES

Não quero.

Assunto meu — e soei um pouco mais dura do que precisava, mas desta vez funcionou.

Então está bem, Tirica, está tudo bem.

E ele pergunta, ressentido, se eu voltava a tempo do japonês ou se eu queria que ele desmarcasse por mim.

Ele e eu sabemos que ele pergunta isso apenas para que fique bem claro o quanto ele é gentil e disponível e como eu sou agressiva não querendo que ele venha junto comigo a Miracema. Ele sabe perfeitamente que dá tempo para ir e voltar — como está dando aliás, acabamos de passar o pedágio, R$ 2,38, obrigado, e o pau levanta, que prático, por míseros R$ 2,38 — e ainda receber o japonês.

Quando eu marquei com o mr. Nakayama, é verdade, eu ainda achava que iria a Miracema só no domingo. Disse que não haveria problema de ele deixar a mala na minha portaria e passar antes do vôo para apanhar. Depois minha mãe ligou dizendo que no domingo ia ter a missa de sétimo dia, uma surpresa, já que não fora a banheira por três dias nem sequer enterro teria havido, mas cremação, meu pai não sendo uma pessoa religiosa.

Então nesse caso, não é, mâmi, com missa não valerá a pena, não vamos ter tempo de conversar. Melhor eu subir no sábado.

E transferi minha ida a Miracema para o sábado mantendo o japonês, daria tempo, o japonês sendo mais um motivo e tudo isso eu expliquei para o Haroldo.

Eu vou mas não demoro — a vontade de não ir.

O japonês embarca à noite para Tóquio, eu vou, eu volto, mais um motivo para a visita ser rápida porque o dia, hoje — eu disse —, vai ser pesado.

Você fica, eu disse, vou porque não dá para não ir, já não fui ao enterro.

O momento da ocorrência deve ter sido há uns três dias, declarou o vizinho que é médico, chamado às pressas, calculando por alto e fazendo o favor de assinar, de pijamas, o atestado de óbito.

Não precisou chamar legista, o enterro foi imediato, três dias.

A MULHER QUE FAZIA UMA COISA ESPANTOSA

Um começo de história é dizer que minha mãe fala com estranhos no telefone.

Haroldo, minha mãe fala com estranhos no telefone.

A pessoa liga, é engano, em vez de dizer, é engano, quando é homem e quando a voz é bonita, minha mãe puxa papo.

Ela comentou isso comigo uma vez, faz algum tempo, no meio de uma outra conversa. Comenta en passant e naquele momento, ela contando, a voz afinou na imitação inconsciente da voz que ela faz quando fala com esses estranhos no telefone, alou, uma voz de garotinha, coquete. Ela me diz isso, eu digo, ah é, rio polidamente, e o assunto muda. É engraçado como coisas sem importância ficam às vezes tão importantes. Poucos dias antes de meu pai morrer ela volta ao assunto pela primeira e última vez. Diz que sem querer, dessas coisas que a pessoa faz sem saber por quê, tinha deixado escapar no meio de um desses papos com desconhecidos o nome certo de Miracema e também o nome da rua da casa dela e que ela estava nervosíssima. Mas com minha mãe nunca se sabe, ela — ao falar isso — parecia estar nervosíssima, mas podia ser só que ela estivesse fazendo o papel de nervosíssima. Mas ela disse: estou nervosíssima.

E acrescentou um comentário muito estranho: estava nervosíssima porque tinha medo de que o desconhecido, de posse dessas informações, pudesse localizar a casa e fazer alguma maldade. Mas o quê, mâmi?

Ela não sabia dizer que maldade e enveredou por uma lista de coisas ruins que acontecem hoje em dia todos os dias, basta ler os jornais, Maria Teresa.

E eu, não naquela hora e não quando meu pai morreu e não mesmo hoje durante todo o almoço, até chegar a hora do café que eu, ela e minha irmã tomamos e que foi, a cada minuto tenho mais certeza disso, um café de despedida, eu não atinei com a estranheza de ela me dizer que temia alguma maldade de um desconhecido. Só no final da tarde, já quase na hora de ir embora, na hora do café, olhando para as paredes, para os objetos empilhados, para o nada, só no café, olhando o nada para não olhar para minha irmã e minha mãe, só então fui me dando conta. Para uma história que começou do jeito que começou, com um engano, só podia acabar mesmo com outro igual.

Não faz mais do que poucos minutos que eu percebi que Haroldo adivinhara a minha ida anterior a Miracema. Na hora fiquei coberta de suor frio. Agora, lembrando do café no silêncio daquela sala que eu acho que nunca mais verei, o suor volta. Está escuro lá fora, se eu fecho o olho não faz muita diferença. Então fecho. Abro. Promoção, suíte com sauna a R$ 14,00. Meu ombro dói, eu teria que me mexer um pouquinho. Tento, devagar. Acomodo as costas no banco e agora puxo o corpo um pouco para a frente, vai melhorar, meu estômago é um buraco mas vai melhorar, Ponte sobre o rio Saracuí.

Quando minha mãe me liga a semana inteira, por isso e por aquilo, para que eu desse opinião sobre isso e aquilo e mais sobre a mudança quando eu nunca dou opinião sobre nada, quando ela me liga só para dizer que está tudo bem e para perguntar se está tudo bem, quando ela liga até para dar o relatório de quem ligou e de onde, para dar os pêsames, sempre terminando o telefonema com a pergunta sobre a que horas eu vou no sábado a Miracema, e se está certo de eu ir, eu fico pensando, porque — me digo — conheço bem minha mãe, eu fico pensando que tanta ansiedade para garantir que eu de fato vou a Miracema neste final de semana só pode ser porque ela quer me dizer:

Imagine, que bobagem a minha, aquilo que eu comentei com você, sabe, dos telefonemas, depois me lembrei, nem o nome certo da rua eu na verdade disse, eu me enganei, não sei onde estou com a cabeça, esquece isso.

Mas ela não tocou no assunto.

Haroldo costuma deixar o carro dele na rua, em frente ao meu prédio, nas noites que ele passa comigo. Hoje de manhã chegamos ao acordo: ele não viria — e eu entro na garagem para tirar meu carro.

Tiro meu carro de ré, Haroldo me esperando lá fora para um último ciaozinho, benzinho, beijinho, mas só escuto a freada. O outro carro vinha rápido, cedo ainda, rua vazia, e não, eu não olhei pelo retrovisor.

A batida é leve mas suficiente.

O motorista, um rapaz de seus trinta anos, sai gingando o corpo, fazendo gestos de indignação, caras de que assim não é possível. Não tenho paciência para teatro de homem.

A MULHER QUE NÃO TINHA PACIÊNCIA

Abaixo o meu vidro, nunca ande com o vidro abaixado, e digo que ele tem toda a razão: o senhor tem toda a razão. É um raio paralisante. Interrompe os gestos, me olha sem compreender. Mas como! e a ceninha já treinada à perfeição da indignação masculina em face da mulher barbeira no volante. Ele escolhe não ter ouvido e continua: assim não dá, minha senhora.

Eu repito, o senhor está coberto de razão.

Mais um olhar de incompreensão e eu começo a achar que o rapaz tem um problema qualquer, de fato, em seu sistema cognitivo. Tento ser bem clara: eu pago.

Pego no porta-luvas um dos meus cartões de visita com o logotipo da firma.

Meu cartão. Agora estou com pressa mas amanhã o senhor me liga, vamos juntos a uma oficina, eu pago.

O rapaz olha o cartão com expressão em branco e eu começo a ficar exasperada. Haroldo está ao lado, a chave do carro dele já na mão. Antes que eu comece a gritar, ele interfere e voz de homem, como sempre acontece, é mais bem compreendida e neste caso também. O rapaz passa a se dirigir a Haroldo e me esquece.

Olha, bem uns trezentos, viu (pausa para ver a reação de Haroldo, que é nenhuma). No mínimo. Pintura nova, feita mês passado, sabe como é.

Haroldo sabe como é e diz: está bem, trezentos.

Mas o rapaz fica inseguro diante de tanta facilidade.

Mas eu queria de repente resolver logo, não que eu esteja desconfiando, que é isso, mas a gente resolve logo e não se aborrece.

Haroldo acha que isso também está bem. Pega o talão de cheques do bolso.

Olha, acho que bem uns quatrocentos.

Haroldo enche o cheque sem responder, dá para o rapaz e, se inclinando na minha janela, diz: chega para lá. O rapaz está segurando o cheque com as duas mãos, tentando entender como foi que ganhou quatrocentos reais.

Às vezes eu canso.

Não é para cansar, eu sei. Consegui aprender pelo menos isso na vida: todo mundo perde, mas quem cansa perde mais rápido. Mas às vezes eu canso. E então eu chego para lá.

Nessas horas em que, menina boazinha, eu obedeço e pronto, costumo dizer que eu sou a lagoa da conceição. Não conheci uma lagoa da conceição de todas as lagoas que conheci. Mas imagino. Uma lagoa católica, de xale e missal, as águas sempre paradas, o sol bate mas mal esquenta a superfície, nenhum ruído, nem de grilo.

Eu chego para lá.

A MULHER QUE ERA UMA LAGOA DA CONCEIÇÃO

Eu chego para lá, a bunda engordando a cada segundo, um desenho animado, mal consigo me arrastar, penosa e deselegantemente por cima do câmbio, até o banco do carona, onde me deposito com um suspiro. O problema não é só a morte do meu pai, o Haroldo, os meus muitos nomes, mas é também meu sobrenome. Na semana passada meu ex-marido tornou a se casar e não me convidou para o casamento e eu sempre achei que nós éramos diferentes, que eu não era uma ex-esposa mas uma amiga, a melhor amiga, a companheirona, a mulher mais importante da vida dele, a única, aquela que na hora da morte, quando perguntam quem realmente foi importante na vida dele, ele fala que sou eu, eu, a que sempre, em qualquer circunstância. E agora isso, seremos duas madames Sousa. Soisa. Ela não parece ter senso de humor, acho que ela não vai entender a graça de ser chamada de madame Soisa. Menos mal, eu serei a madame Soisa e ela será a madame Sousa. Do contrário, seríamos duas madames Soisa. Eu e uma mocinha de uns vinte anos. E até aí tudo bem, estamos separados há muitos anos, eu e meu ex-marido, mas eu não participei do nascimento desta segunda madame Sousa-Soisa, algo na vida dele de que eu não participei.

A MULHER QUE ERA UMA COMPLETA IMBECIL

E então nessa semana que eu não digo a mais confusa da minha vida porque minha vida é pródiga em semanas confusas, mas uma das mais, com certeza, com tanto para pensar, passei boa parte do meu tempo pensando em como, por quê, meu ex-marido foi fazer isso comigo.

Então foi por causa disso tudo que eu cheguei para lá.

E foi por causa disso tudo também que não pensei em nada quando Haroldo parou no posto de gasolina, o de sempre, o que tem a melhor gasolina e que fica na esquina, para encher o tanque, olhar o óleo e ver os pneus. Ele tomou nota pela primeira vez no dia dos litros de gasolina colocados e a quilometragem correspondente no papelzinho do guidom, que ele me força a ter. E naquela hora, o começo da estratificação do meu erro lagoa-da-conceição, só me ocorre dizer o que ele já sabe:

Depois a gente acerta tudo — eu me referindo ao dinheiro da gasolina e ao dinheiro do rapaz da batida do carro.

E Haroldo sorri, ele não tem nenhuma dúvida de que eu vou acertar tudo, não sou mulher de ficar com o rabo preso por causa de dinheiro de homem, quantas vezes ele me ouviu dizer isso, e ele engrena a terceira com um ar de que agora a viagem começa. E, sim, ele olhou por todos os retrovisores do mundo antes de entrar na pista. E, sim, ele sabe que eu só não passo o cheque imediatamente porque eu enjôo andando de carro e se eu me abaixar, pegar o cheque, encher o cheque, que dia é hoje, eu vou enjoar na certa, embora, agora sabemos todos disso, eu iria acabar enjoando da mesma maneira, se não na ida, na volta.

Então naquela hora, o dia começa, eu olho pela janela igual como faço agora e tento não pensar em mais nada e muito menos no que eu vou fazer em Miracema. Porque eu enjôo às vezes mesmo andando a pé, mesmo parada sem fazer nada, então o melhor é fingir que não sou eu que estou ali, e eu finjo agora que não sou eu que estou

24

aqui, tem uma moça, aqui dentro do carro, olhando para o anoitecer na Baixada.

A MOÇA QUE PASSOU EM UM CARRO

Eu, durante um período da minha vida, ficava pensando que quando meu pai morresse eu enfim iria poder olhar para ele, eu digo, olhar bem, com calma, para cada detalhe, e então eu iria saber que cara ele tinha. Pensava que algo, talvez uma curva para baixo de seus lábios finos e duros, uma nesga esquecida aberta do seu olho azul frio, o formato, quem sabe, de suas bochechas não mais sanguíneas mas cerúleas, algo iria preencher os hiatos que existiam na minha história. Ele morto eu iria olhar até me fartar sem ter medo de ter de volta o olhar dele.

Isso foi por um período.

Depois eu mesma comecei a compor, de longe, sem olhar, porque por muitos anos, mesmo quando eu ia a Miracema, eu via meu pai só de longe, ele na porta de seu quartinho dos fundos, me acenando, já meio entrando, como que apressado. Então, depois, eu fui compondo eu mesma uma cara e ficava pensando que, quando ele morresse, eu iria conferir. Saber, por um pescoço enrugado, pelas mãos manchadas cruzadas em cima do peito, se o que eu tinha composto estava certo. Mas não deu, eu sou impaciente. Fui antes. Fui fazer a averiguação antes mesmo de ele morrer, ele estava demorando para morrer.

Não foi só impaciência. Foi falta do que fazer também, que quando minha vida pára eu tento fazer com que ande.

2

Naquela época ainda não havia as divisórias cinza, o carpete cinza e as paredes branco-gelo. Tinha o hall de entrada, uma porta e todos nós trabalhávamos juntos, as mesas agrupadas duas a duas. Então, quando dava umas dez todos nós ficávamos prestando atenção na porta porque essa era a hora em que a Lúcia costumava chegar e nós queríamos saber se ela iria vir de óculos escuros ou não. Porque a Lúcia namorava um homem casado e o caso deles já estava fazendo o segundo aniversário e ele prometia mas não se separava da esposa. E então a Lúcia chorava. Chorava em casa, no táxi — porque ela só andava de táxi — e no café do corredor dizendo que não agüentava mais sofrer, porque ela amava aquele homem desesperadamente.

Tratava-se de um alto executivo, mulher, duas filhas, apartamento em condomínio exclusivo da Barra, secretária gelada que só dizia, já anotei o seu recado, dona Lúcia, e o carro importado com ar condicionado também gelado. De vez em quando tínhamos que ligar, nós, para a casa dele como legítimas funcionárias da empresa — a nossa empresa era a responsável pelo agenciamento das viagens da empresa dele — e dar algum recado urgente,

26

que ele imediatamente entendia, fosse qual fosse o recado, que era para ele ligar para a Lúcia.

E no dia seguinte, mais óculos escuros.

Eles variavam. Havia pelo menos dois que eu me lembre, um todo preto, lente e aro, e outro, menor, de enfeites dourados. Não sei dizer se o todo preto era para noites totais de choro e o outro para choros parciais, mas por algum motivo quando os óculos eram os de enfeites dourados eu ficava mais aliviada, ela não estava tão mal.

Um dia, e só viemos a saber disso depois. Estranhamos a Lúcia, que tinha ido para o trabalho vestida de freira, blusa abotoada, saiona no tornozelo, olhos baixos — sem óculos — olhando o chão. Um dia o amante saiu de casa.

Perguntamos, ela contou.

Um dia, uma sexta-feira, ele arrumou duas malinhas, uma, tipo pasta de executivo, com os papéis de trabalho que ele iria precisar na segunda-feira. Na outra, tipo bolsa esportiva de náilon (um toque jovem: embora careca, ele era bronzeado e usava camisas pólo com a manguinha virada, nas ocasiões em que não estava de terno italiano), ele colocou algumas roupas. O resto apanharia depois. Deixou o importado na garagem — quem iria ficar com o que era assunto também para depois — e foi de táxi para o quarto-e-sala da Lúcia no Flamengo.

Não!!!

Lúcia abriu a porta e deu pulinhos de alegria no hall do elevador e gritinhos baixinhos por causa dos vizinhos. Entraram. Treparam. Disseram várias vezes como era bom poder ficar ali pelo tempo que quisessem, sem ter de prestar atenção no relógio. Quando cansaram de dizer isso dormiram encantados mas mal. No dia seguinte ela levantou mais cedo e disse para ele não ousar sair da cama. Vestiu-se correndo e esperou impaciente o rapaz acabar de abrir a loja de flores, comprou um botão, subiu correndo, preparou o café, colocou o botão na bandeja e levou para ele na cama. Treparam outra vez. Depois saíram para almoçar, ele quis tornar a ir a um restaurantezinho discreto das redondezas onde eles às vezes jantavam em dias de semana, antes de cada um ir para sua casa. Ela teria preferido comer um peixe em Ipanema mas tudo bem, agora tinham todo o tempo do mundo. Ao sair do edifício passaram, como sempre, na porta do salão de bilhar O Taco de Ouro, motivo de muitas brincadeiras, provocadas por Lúcia. E esse era mais um encanto dela, a mulher dele jamais se permitiria uma grosseria do gênero. Mas dessa vez ela não lembrou de fazer nenhuma alusão ao Taco, nem ele. De tarde ficaram no sofá fazendo planos. Mas os planos eram os mesmos, tinham dois anos de idade, então as frases soavam repetidas, ligaram a televisão. Lúcia foi logo dizendo que estava cansada, o código universal de que não queria trepar.

Domingo acordaram tarde, Lúcia levantou primeiro, ele fingindo que dormia embora já estivesse acordado fazia tempo na cama, olhando o teto. Mas levantar como, se ele não conhecia bem a casa? Então ela levantou primeiro e quando chegou, descalça, na sala, levou um choque. Uma bagunça.

A casa de Lúcia era pequena mas era um brinco. Os móveis laqueados de branco, o chão também branco de epóxi, a mesinha, o sofazinho e uma escrivaninha retrátil que, quando ela precisava, tirava da parte de baixo da estante. Na cozinha outra mesinha — onde ela costumava comer — com o pote de biscoitos de fibra em cima de uma toalhinha do Nordeste. Na geladeira, tofu, laranjas, granola.

Incrível o que cabia em duas malinhas, porque tinha roupa para todo lado. A escrivaninha estava aberta, com os papéis dele. E na cerâmica feita à mão por uma amiga, o toco do cigarro que ele, educadamente, tinha fumado na varandinha na noite anterior. Depois desse cigarro e antes de dormirem, ele anunciou que no dia seguinte eles poderiam ficar em casa porque ele faria uma boa macarronada. Dizia sempre que cozinhava muito bem, tinha orgulho disso.

Lúcia sentiu as pernas faltarem ao olhar para a sala daquele jeito e imaginar que logo mais haveria um à bolonhesa no fogão, ploc, ploc, cada ploc uma mancha vermelha no chão, nas paredes, no suporte de cobre para as facas, no teto.

Na segunda-feira ele saía para o trabalho levando com ele as duas malinhas e vestindo, pela primeira vez em vinte e cinco anos de firma, uma camisa amarrotada. Dormiu aquela noite na casa do pai. Ficou lá uns dias. Voltou para a mulher.

Eu não estava preparada, gente. Eu não estava preparada, dizia a Lúcia fazendo biquinho e balançando seus longos cabelos negros. Não deu.

Já a Vera ficou noiva do primeiro namorado, as duas famílias muito contentes com isso. Eles eram vizinhos de rua, se conheciam desde criança. Casaram, ela engravidou, todos concordaram que seria muito mais prático se ela passasse uns dias na casa dos pais, onde teria todo o conforto e assistência com o bebê. Além disso, também havia o problema do cheiro de tinta, porque eles pintaram o apartamento novo, isso há meses, mas ainda havia um cheiro, prestando atenção dava para sentir.

A Vera foi para a casa dos pais direto da maternidade e lá ficou por três anos. Depois, ela, já trabalhando na empresa, teve um caso com um colega cujo nome nunca disse — embora desconfiássemos de quem fosse — e que, assim que ela comunicou estar grávida, sumiu para uma das filiais regionais. Ela teve esse segundo bebê, dessa vez uma menina. Nessas alturas ela já montara seu próprio apartamento, onde o ex-marido, a quem ela só se referia como marido, ia constantemente, com chave e tudo, visitar o filho. Às vezes ficava tarde e ele dormia lá. Mas não trepavam. Nunca mais treparam desde aquele dia em que Vera, grávida do primeiro filho, foi para a maternidade e de lá direto para a casa dos pais. Esse marido-ex-marido registrou a menina como filha dele. Ajuda a Vera com dinheiro quando ela precisa. Vai pegar as crianças na escola, leva a festas, conserta a bicicleta. Hoje, os dois filhos da Vera já estão adolescentes. Eles não sabem dessa história. Ambos chamam o marido-ex-marido de pai. Viajam todos juntos, às vezes, nas férias. Eles nunca mais treparam.

Tinha a professora de piano da minha irmã. Era uma professora muito exigente, ai da minha irmã se tentasse disfarçar insuficiência técnica com um abuso nos pedais. Chamava-se Mary mas escrito Méiri. Mulata, bunda grande, peito pequeno e nariz para cima para compensar a pouca altura. E um temperamento terrível. Conheceu o alemão na rua. Estava carregando uns cadernos com os estudos de Chopin, o nome Chopin na capa, o alemão emparelhou o passo e cantarolou a melodia, não falava uma palavra de português. Tinha vindo a negócios, tirou uns dias antes de voltar, nunca voltou.

Aqui, o que eu me lembro é dos dois juntos, ela muito pequena e viva, ele enorme e lerdo. Viveram por décadas em uma casinha em Niterói. Eles e um cachorro. O cachorro era educado como filho, fazia pipi equilibrado na privada, comia na mesa. Depois foram morrendo. Primeiro o cachorro, enterrado com enorme consternação em cemitério próprio para animais. Depois ela. Ele ainda viveu por alguns anos, levantando cedo, regando as plantas que ela havia plantado no jardinzinho da frente, fazendo sua própria comida, muito triste, bebendo cerveja, sempre uma garrafa só, nunca mais ficou bêbado, até que morreu também, domesticado, manso, a voz chegou a afinar. E era um alemão enorme, um tronco. Uma única vez eles brigaram. Ele na época ainda bebia muito, ela não era mulher de agüentar desaforo. Ele chorou, implorou para voltar, voltaram. Depois disso, quando ele bebia — só bebia cerveja — ficava quieto na mesa, a cerveja na frente e a cabeça balançando em uma concordância muda. Era uma concordância sofrida, de dentro, as sobrancelhas fechadas, como quem concorda que é, é foda. Nunca casaram legalmente, ele já era casado na Alemanha, quando morreu deu trabalho para o vizinho com os papéis, porque ele também nunca se naturalizou.

E tem a das duas amigas da minha mãe, uma só conhecia a outra superficialmente, os dois maridos eram colegas há muitos anos em um escritório de advocacia. Ambas, contudo, eram muito amigas de minha mãe e diziam a mesma coisa: que por motivos de saúde os maridos, coitados, já não funcionavam. A expressão, pelo menos a de minha mãe contando, era essa mesma: funcionavam.

E era mentira.

Um era amante da prima há mais de vinte anos, o outro fazia biscate em shoppings, sinais fechados, qualquer lugar, com qualquer mulher, algumas da mesma idade e corpo da dele, nunca entendi. Um sabia da vida do outro, não porque fossem dados a confidências, mas havia os telefonemas dados e recebidos no escritório, as fugidas no meio da tarde, as mesas ficavam perto, a privacidade era limitada. Aos sábados tanto um como outro tinham o hábito de levar a mulher — as legítimas, as esposas — para almoçar fora em restaurante.

Aconteceu, uma ou outra vez, de saírem juntos, os quatro, em ocasiões em que havia algum compromisso profissional dos dois a ser cumprido depois. Sentavam-se então nos restaurantes, as mulheres falando superficialidades, os homens trocando algumas poucas frases sobre o trabalho e nenhum olhar direto. Esse hábito de levar as mulheres para almoçar fora enchia minha mãe de despeito, ela e meu pai não costumavam almoçar fora juntos há muito tempo. Então minha mãe contava esse caso com um sorrisinho superior, imaginando o café com creme, a conta chegando, o olhar bovino satisfeito das duas antes de se levantar, com dificuldade, da cadeira, o garçom dizendo: obrigado, senhor, volte sempre. Ah, se elas soubessem.

Porque minha mãe, imagine, nunca contou. Ela soubera das amantes dos dois por um acaso há muito tempo, mas preferia o gozo do aceita mais um pedaço de bolo, querida? E depois, já batendo papo comigo, as frases: são felizes assim, imagine se vou estragar a vida delas.

E isso era também o que dizia da sua própria vida: certas coisas é melhor não saber, para quê, me diga.

Da vida da minha mãe sei dos bailes. Em Miraflores e nas cidades vizinhas. Quando era longe ela ia de carroça, com amigas e, obrigatoriamente, algum homem, primo.

irmão de amiga, nas rédeas. E com os sapatos na mão. Porque apertavam e eram brancos e caros.

Fez isso até os trinta e um anos e aí conheceu meu pai, que a levou para a capital, depois para o Rio e, do Rio, depois de muitos anos, para Miracema. Ela, em Miraflores, trabalhava na rádio e tinha uma voz educada, controlada. Ainda tem. Meu pai se interessou pela voz que ouvia antes de ver a pessoa. Ele era representante do Empório Martins e viajava com seu mostruário e seu talão de pedidos por toda a região. Tinha grande orgulho de ser um dos poucos funcionários da firma a conhecer a palavra-código de preços da empresa. Uma coisa que não existe mais. Cada firma de comércio tinha sua palavra-código, que apenas poucos funcionários conheciam e que era a chave para a marcação de preços. Em vez de marcar o preço certo nos produtos, escreviam-se letras, o que permitia, quando fosse o caso, aumentar um pouquinho ou dar um descontinho, dependendo do freguês, sem que ele soubesse disso. As palavras-códigos tinham que ter dez letras, os dez números. A do Empório Martins era feudalismo, dez letras, nenhuma repetida, do jeito mesmo que tinha de ser. Cada letra correspondendo a um número, nos mostruários o código incompreensível para os fregueses mas que meu pai, com uma rápida olhada, decifrava: esse daí custa três contos de réis. Nas longas noites de cerveja nas biroscas e pousadas, de lâmpada pendendo, amarela, direto do fio enrolado na viga do telhado, ele e os outros representantes, de outras firmas, trocavam confidências: o código da Casa Alemã era pombafeliz, o da Casa dos Tecidos, brilhantes — e, todos concordavam, um dia seriam sócios de sua própria empresa de representações. A palavra-código dessa futura empresa seria merdalitos. Tenho fotos dele chegando nessas cidadezinhas,

33

o Ford enlameado atrás, o bigodinho bem aparado na frente, o cigarro no dedo e quase escuto a última piada — os outros homens rindo e coçando o sexo, excitados — e a pergunta: e onde é que é a festa?, na hora mesmo em que minha mãe entrava na carroça, a festa sempre tão longe.

Porque meu pai também tinha sua história. E a voz de minha mãe era — entre atoleiros em estradinhas perdidas, quartos de hotel com armários marrons de portas que nunca fechavam, e moças que riam sem parar tampando a boca com a mão — a única coisa que poderia manter a história dele viva. E essa história não era bem uma história, mas uma cena.

O asfalto da rua ia sumindo imperceptivelmente como uma renda cujo primeiro buraco ainda é apenas um buraco no desenho final de uma renda até que os fios que sobram entre os buracos terminam e, quando você vê, a renda toda ela se esvaiu e os poucos fios de asfalto que ainda restam estão enrodilhados tentando mas não conseguindo afastar, em desenhos caprichosos, o nada. E, depois então dos buracos, que na verdade não são os buracos de uma renda mas as primeiras aparições de um nada que invade a renda, depois disso, a ladeira — porque é uma ladeira — continua mais ainda, com sulcos, pedra, pau e lá em cima então está a casa do pai de meu pai. O pai de meu pai ficou rico depois de desembarcar aqui como um jovem imigrante sem um tostão, o comércio de antes da guerra dava dinheiro para quem soubesse ganhá-lo.

A casa tinha sido construída ainda de há pouco, aqui e ali umas pilhas de tijolos quebrados esquecidos se transformando rapidamente em pequenas colinas de terra e mato. O motivo dessa localização em ladeira de terra era explicitado com freqüência: não fosse alguém pensar que se tratava de casa de pobre. E o motivo era que o terreno escolhido era muito bom e, além disso, se tratava de ótimo investimento para o futuro. Bastava observar com atenção a geografia sempre mutante da cidade: era para os lados de lá que a cidade crescia.

Era uma casa de muitos cômodos, pintados cada um de cor e motivos diferentes, com sancas de inspiração floral, copiadas de modelos trazidos por arquiteto. E havia um quarto de música cujas paredes tinham pintura combinando com o gobelin dos sofás, das banquetas. A tábua do chão era madeira nobre, os vidros das janelas, franceses. No quintal, onde ficou jogada uma banheira velha com apliques de cobre nos pés imitando pata de bicho, alguns dos bichos da terra: siriemas, emas e até mesmo um pequeno jacaré, dentro da banheira, achado nas margens do Tietê. E para esse quarto de música o pai de meu pai comprou um piano.

E é esta a cena. O piano, por causa da ladeira não asfaltada, teve que subir por burros e cordas, um dia inteiro para que o piano chegasse lá em cima. E mais de um mês para que o afinador, um italiano que era sempre apresentado com o epíteto: já trabalhou no Teatro Municipal, fosse até lá para colocar o som a jeito. Esta era uma das poucas coisas que meu pai falava de seu passado, a subida desse piano, os dois burros, as cordas, o pó grudando nos homens suados, aos berros, empurrando o piano por trás, puxando os burros pela frente, toda a vizinhança olhando parada boquiaberta, a primeira vez que viam um piano. Não viam. O piano coberto por panos e cobertores amarrados por cordas: o pó.

E então, a voz de minha mãe: PKX AM 35 Rádio Miraflores bom diiiia, meus caros ouvintes, são sete horas exatas pelos relógios de Greenwich, era a única coisa na vida de meu pai que fazia lembrar esse piano. Uma voz que todos os dias subia uma ladeira de terra e pedra até conseguir soar educada e composta, mas conseguia.

Mas há outras cenas, nunca contadas, adivinhadas. Meu pai tinha um irmão mais velho. E esse irmão mais velho fica de bengala de castão de prata e capa preta forrada de cetim vermelho, esperando sob a luz pálida que vem da varanda e só da varanda — a rua é um breu. Ele está de pé nessa calçada de terra e pedra aonde a luz da prefeitura ainda não chegou, esperando pelo coche que o levará aos mais belos bailes da cidade e de onde só voltará manhã alta. Carrega nas mãos um trapo limpo. Assim que entra no coche, limpa os bicos brilhantes de seus sapatos de cromo que, por menos tempo que ficassem na calçada, se enchiam de pó. E joga, já no coche que some na curva, o trapo fora, único vestígio, depois que a poeira assenta, de sua ligação com esse lugar de imigrantes, a casa do pai do meu pai longe de ser a única, o trapo, lá, jogado na terra.

Mesmo muitos anos depois, eu já adolescente, depois que esse meu tio morreu, meu pai só se referia a ele pelo nome seguido de o safado. A explicação era que, mesmo depois de o piano sumir, e os bichos do quintal. E mesmo depois de ele, meu pai, ter precisado começar a trabalhar para manter a mãe e as irmãs, mesmo depois, então, de meu avô ter morrido, como morreu, de repente, quando então tudo começou a sumir, as pinturas e os sons do piano e os risos, as pinturas e os bichos do quintal, mesmo então, a capa de forro de cetim vermelho, as noitadas,

36

os cigarros mentolados ainda perduraram por mais um tempo.

Esse meu tio continuou a tentar ir às festas e ter seus amigos ricos enquanto na casa dele o pai morto. Ele descia a ladeira de terra a pé, então, a capa dobrada embaixo do braço, as duas conduções até os bairros nobres, a capa com uma manchinha aqui, um puído ali, ele descia a ladeira e ninguém via, todos exaustos com seus novos trabalhos duros e humildes já dormindo na hora em que ele descia. Até que não deu mais e ele entrou, por meio de um favor dos amigos que não mais falavam com ele, um favor pedido, implorado, ele entrou como aprendiz em um escritório de contabilidade para, ele também, ajudar a manter as mulheres da família a quem ele odiava uma por uma.

Quando esse meu tio morreu, muitos anos depois, minha mãe, indignada, reclamava pelos cantos que os objetos da casa dele, biscuits italianos, móveis de madeira fina, alguns quadros ainda da casa da ladeira de terra e pedra, todos os objetos dele tinham ficado com um seu amigo de longa data, solteiro como ele. Não se dizia isso na minha família, mas esse meu tio foi um dos mais famosos homossexuais de São Paulo da época da guerra.

Era também de compleição robusta e bem uns sete anos mais velho que meu pai e eu fico pensando que tanta raiva meu pai teve do mundo, uma raiva tão grande, abrangendo o mundo inteiro, seus habitantes e lugares, e isso desde sempre e até morrer, semana passada, dentro de uma banheira, eu fico pensando que essa raiva, parte dela nasceu dele menino, nos cantos escuros, atrás da banheira do quintal da casa do pai dele, nos gemidos abafados de sua boca espremida contra a terra do chão, quando não havia ninguém por perto, as pernas trêmulas que

37

lhe dificultavam tornar a puxar correndo a roupa para cima, a vergonha enorme, a dor, o susto, ninguém, ninguém para ajudar, a risada ofegante do irmão, ninguém pode saber, nunca vão saber.

Eu acho que é isso, a raiva que meu pai teve do mundo. E então foi isso, a minha mãe.

Sua figura pequena e seca, quase sem peito, humilhada pelos trinta e um anos sem noivo à vista e pelo pai analfabeto sem um dente na boca. Mas dona de uma voz que dizia um bom-diiia grave, educado. A figura da minha mãe era então o único espaço, entre atoleiros, hoteizinhos baratos e piadas masculinas, onde meu pai poderia depositar tanto o gozo aveludado de um som de piano quanto o urro que a terra do seu quintal comeu — cabiam ambas as coisas. E a história dela também é a dele da mesma maneira que a história dele é ela. A mulher que se esforçou para sair de Miraflores e que acabou em Miracema e que guardou, ela, um medo absurdo, o de voltar para Miraflores. A mulher que tinha um medo: o de voltar para o lugar onde de uma certa maneira já estava. O medo real de, sem meu pai, sem dinheiro, ser obrigada a voltar para Miraflores, de onde ele foi o único a se dispor a levá-la. Mesmo que para Miracema.

São, pelo Guia Rodoviário, seiscentos e oitenta e seis quilômetros entre as duas cidades e então minha mãe mente: diz que entre as duas cidades há longos seiscentos e oitenta e seis quilômetros.

Não há.

Ela mente duas vezes. Mente a primeira porque se você chega a Miracema, o carro dá um pulo ao sair do asfalto estadual para o paralelepípedo municipal e logo depois você, diminuindo a velocidade por causa não só do paralelepípedo mas dos cachorros, dos meninos descalços e do acesso à ponte, mal calculado, estreitando a pista, você, diminuindo a velocidade agora muito mesmo, passa pelo mercado, onde uma vez por semana, do lado de fora, tem a feira, suja, os panos marrons, os legumes marrons, as roupas coloridas, os miúdos de boi marrons e cheios de mosca. E você já viu isso, muitas vezes. Não há seiscentos e tantos quilômetros entre essas feiras que são iguais e que você viu tantas vezes.

E mente a segunda vez porque você, chegando a Miracema, o que vem à lembrança é o não mais existente frescor da sala mantida fechada, sem cheiros de vida, sem vestígio de vida, durante os dias de semana. E antes da feira, perto da feira e depois da feira, o que você vê entre as lojas que são as genuínas, as que já lá estavam e lá ficarão quando tudo o mais passar, são as lojas para os turistas, que abrem e fecham sem que nem se note, os nomes bossudos, Anne Marie's artesanato, chocolates, queijos da fazenda, porque Miracema, ao contrário de Miraflores, é cidade considerada turística e a casa, antes de ser a casa da família, era a casa de veraneio da família. Então Miracema está bem longe de Miraflores, muito mais do que os seiscentos e tantos quilômetros. E é bem pior do que Miraflores. Minha mãe mente, para ela mesma, depois de citar os quilômetros que não existem entre as duas cidades, ela mente outra vez, para ela mesma, dizendo que Miracema, é claro, nem se coloca a questão, é muito melhor do que Miraflores, e não é, é uma cidade turística, é pior porque não existe. Aliás, mente três vezes. A terceira vez que minha mãe mente não é só ela que mente, é a cidade inteira, nos seus artesanatos, o melhor clima da América do Sul, uma vida calma de fazer gosto.

O que eu lembro das chegadas à cidade, ainda criança, é da última ladeira, excruciante, eu já para lá de enjoada, mas era a última, então eu agüentava, a casa da Leontina e depois a nossa, o frescor tão atraente da não-vida. Mas isso foi antes. Depois que meus pais foram morar lá definitivamente, a lembrança principal foi saindo do frescor não mais existente na sala e indo para a risca vermelha do terraço dos fundos e é essa a lembrança que eu tenho neste momento e é essa a lembrança que eu acho que vai me ficar para sempre, a casa, era de noite, todos mesmerizados por suas televisões, eu de pé bem em cima da risca do terraço.

Noite sem lua, ia chover, sem ninguém, as televisões dizendo que todos tinham entrado na tela de suas televisões e eu de pé bem em cima da risca do terraço, a luz amarela balançando às minhas costas.

Haroldo, sexta-feira passada eu fui a Miracema e fiquei um tempo que eu não sei dizer quanto foi, de pé, na risca do terraço, tentando fazer minha respiração voltar ao normal.

A MULHER QUE FICOU NA RISCA DO TERRAÇO

O terraço é um terraço de chão de vermelhão que minha mãe encera só até a metade e então ele fica metade vermelho forte, a outra metade um vermelho amarronzado, uma marca muito nítida no chão. Ficava. De sexta passada até hoje a marca já esmaeceu, choveu. Vejo minha mãe na dúvida, todos esses últimos dias, pela manhã, agora com meu pai morto, manda a empregada encerar tudo ou não encerar nada?

Eu de pé em cima da risca, a noite sem lua, a lâmpada do meu pai acesa atrás de mim pendurada pelo fio, a luz amarela tênue e balouçante. E um saco plástico que também balança, porque ventava naquela hora, sexta passada. O saco plástico estava enganchado no galho de uma árvore, porque o terraço tem a casa principal de um lado, o quarto do meu pai de outro e por trás uma matinha. E o saco plástico, na sexta-feira, balançava preso a um galho, em um vento que ficaria depois mais forte, choveu.

3

Eu tinha uma amiga e era-não-era bem uma amiga. Em comum, eu e ela, o fato de ela ser uma ex-namorada do meu ex-marido. Na verdade, ex-namorada não exprime bem, ela era um desses casos on and off, ou seja, de vez em quando trepavam, como vim a descobrir depois que nos separamos, e, além disso, eram, eles sim, muito amigos. Essa pessoa trabalhava em produção de cinema e tinha o cabelo cortado desta ou daquela maneira e a cor também mudava e os sorrisos eram construídos, seus sorrisos não eram como os meus, na época. Digo na época porque algumas coisas se aprendem nessa vida e hoje eu também primeiro armo as narinas e abro a boca no vácuo, sem nada, e depois então sai um som de dentro com a exata dose de sensualidade apropriada para momentos corriqueiros. Sorrisos em momentos íntimos são mais roucos. Mas naquela época, não. Quando eu tinha vontade de sorrir eu sorria.

O dela vinha vindo, primeiro os olhos se fixavam na pessoa ou coisa que motivava o sorriso, depois o nariz meio que se mexia na pontinha, os ombros davam uma levantada e só então a boca se abria e vinha o som de dentro e era este, com trilha sonora muito boa, uma das melhores que eu já vi, o sorriso. E tinha as roupas também, sempre uma coisinha à-toa, descoberta por acaso na sua última viagem a Paris, a São Paulo, você não vai acreditar, na rua tal, e citava o nome da rua que eu deveria saber se tratar da rua mais brega de São Paulo ou de Paris mas que eu não conhecia, mas mesmo assim eu fazia hã-hã. E ela então continuava, estava lá, no meio de uns troços tão vagabundos. E dava então um dos sorrisos.

Bem, eu não acho que vá durar muito nem quero, mas com este cinto dando um franzidinho até que ficou legal com esta calça.

E o pior é que era mentira. A tal coisa tinha sido comprada com certeza em butique cara, mas era muito mais chique rotulá-la como encontrada por acaso no meio da rua. Bem, era essa a pessoa. E eu sabia, pouca gente sabia, mas eu sabia por ser, por assim dizer, tão íntima, a esposa de um de seus melhores amigos, um de seus melhores e mais assíduos amantes, então eu sabia que ela viera do Amazonas, a família dela era de Manaus e só depois que ela morreu, ela ali, morta, quando eu pude enfim olhar demoradamente para a cara dela e a cara dela estava absolutamente imóvel com aqueles chumaços de algodão nas narinas, só então. Só então eu pude ver que na verdade ela era uma índia, o rosto largo, o cabelo preso para trás da cabeça cuidadosamente arrumada no meio da almofada no caixão aberto, os lábios grossos em um sorriso pela primeira vez natural, a pele escura e foi só então que eu de fato fui conhecer quem ela era. E ela era uma índia.

Foi um pouco por causa disso que durante um período da minha vida eu fiquei achando que era só esperar meu pai morrer, olhar bem para ele, para acontecer a mesma coisa, eu saber quem ele era.

Foi desastre, a morte da minha amiga. De todos os nomes que havia na cadernetinha que encontraram com ela ligaram justo para mim, no meio da noite, e eu então liguei para meu ex-marido — já estávamos separados há alguns anos na ocasião. E ele providenciou o que precisava ser providenciado. Só a vi outra vez na hora do enterro.

Quando eu cheguei do trabalho sexta-feira passada e nem sequer entrei no meu apartamento, indo direto para o carro na garagem para subir para Miracema, eu já não achava mais isso. Eu havia composto uma cara para meu pai e subi para isso, para dizer: eu sei quem você é, agora me olhe, com a cara que eu sei que você tem, quero ver você conseguir olhar para mim eu sabendo de você.

Mas não que fosse muito importante e é esse o ponto. Subi por subir, poderia não ter subido. Mas subi.

O caso é que eu tenho essa lembrança de infância: meu pai, de pé em cima do tanque na área de serviço, me espiando pela janelinha do banheiro. Para que eu não espremesse minhas espinhas de adolescente, berrava ele. Para que eu não deixasse a água do chuveiro escorrendo enquanto ficava sentada na borda da banheira, em desperdício inaceitável de água e gás, berrava ele. Para saber por que eu estava trancada lá dentro há tanto tempo, ele já tendo batido, esmurrado, a porta.

E mais a lembrança de acordar de noite, assustada, olhando a escuridão, a porta, olhando em volta, sons, porque não se dormia de porta fechada na minha casa e eu acordava no que me parecia ser o meio da noite, o fundo do fundo insondável do universo, para ver sombras, sentir cheiros, tentar reconhecer o que eu não conhecia. Passos que sumiam? Mas não tenho certeza. Justamente eu nunca soube ao certo e vou continuar sem saber.

Uma vez um analista me disse, cruzando suas mãos bem tratadas de dedos finos e longos: mas não podem ser essas as únicas lembranças. Não, idiota, claro que não. Há também as pescarias. Íamos pescar. Em canais fétidos de águas paradas, em beiras pedregosas de mar, em todos os lugares onde não haveria a menor possibilidade de haver peixe, ficávamos os dois lá, olhando para a frente sem nos falar horas e horas até que determinássemos que a pescaria havia terminado. Pegávamos as coisas e então nos virávamos. Às nossas costas, minha mãe e minha irmã, tomando sol, comendo o piquenique, nos olhando de longe.

Entrávamos no carro.

E há o quadro.

Vou tentar dizer o que eu sabia-lembrava do quadro. Não sei se vai dar, histórias que não se contam.

Haroldo, eu estive em Miracema sexta-feira passada, dia em que meu pai morreu, e vi-revi um quadro e não era o quadro, Haroldo, eu inventei, eu tinha inventado tudo. Esses anos todos eu vivi, na minha cabeça, com um quadro que nunca existiu.

A MULHER QUE LEMBRAVA DE UM QUADRO QUE NUNCA EXISTIU

E eu acho que quando eu chegar em casa, daqui a pouco, eu nunca mais vou querer pensar neste assunto.

Eu muito menina e tantas vezes eu fiz-refiz esta lembrança-invenção na minha cabeça que eu agora não saberia mais dizer o ponto exato de partida, quando exatamente a imagem começou a se formar. Provavelmente várias pequenas lembranças que eu juntei, no decorrer do tempo, em um só episódio, porque dentro de uma porção de atmosferas muito vagas, quase desfeitas, há nitidamente eu, muito menina, com uma camisola que eu, sim, tive, listadinha de vermelho e branco, de tecido sintético de que eu não gostava, e a mão do meu pai afastando o decote, a mão muito grossa, muito grande, tão áspera quanto o tecido afastado, afastando o decote, e depois uma risadinha e ele saindo, de costas, em direção ao quarto dos fundos.

Porque eu sempre acordei às seis em ponto, mesmo quando não precisava — e eu provavelmente estava ainda no primário, isto é, teria aulas à tarde. Às seis em ponto. Como meu pai. Minha mãe e minha irmã, não.

Há esse quartinho dos fundos, no apartamento que ainda era o deles, no Rio, antes da mudança para Miracema. Esse quartinho era um quartinho mutante e seu conteúdo e aparência variavam como variavam as profissões de meu pai. E durante um período esse quartinho foi um ateliê de pintura onde foi pintado um único quadro.

E há, é claro, o livro. Estava lá, hoje, na casa de Miracema, nas pilhas de coisas já arrumadas para a mudança, na sala da minha mãe. Não o abri, não teria por quê. O que eu queria estava plenamente visível, na capa, abaixo do título *Os grandes pintores do mundo*. Uma reprodução de *As meninas*, de Velásquez.

É possível que, nas misturas de minhas lembranças, esse livro tenha de fato estado no quartinho dos fundos na mesma época em que era um ateliê, para — bem minha mãe, isso — compor o ambiente. É possível também que não, que eu tenha ficado muito impressionada com livro tão bonito, a infanta tão bonita, e tenha simplesmente, eu, na minha cabeça, juntado o livro com esse período de pintura de meu pai que durou quanto? difícil saber, mas foi pouco tempo, com toda a certeza.

E agora vem a parte que, sexta-feira passada, eu descobri não ter existido. Depois da mão grossa afastando o decote da minha camisola, meu pai foi para o quartinho e eu fui atrás dele e depois eu estou de pé em cima de um banquinho baixo, o espelho da porta de um armário que lá havia está torto e atrai minha atenção com sua imagem deturpada, pouco nítida. Eu me lembro tão forte de mim, olhando fixo para essa porta de armário torta, cujo reflexo está tão pouco nítido. Minha camisola está pendurada na maçaneta da porta e eu tenho frio na minha pele nua, frio compensado por um calor que nasce entre minhas pernas. Meu pai me pinta e me olha e me olha intensamente e é esse o olhar do qual eu fugi minha vida inteira a ponto de jamais ter conseguido, eu, olhar para ele com medo de que ele retribuísse o olhar — e eu não agüentasse.

Eu posaria na pose da infanta Margarita porque — e esse seria um segredo entre mim e meu pai — ele ainda estava aprendendo como é que se pintava e não saberia pintar uma menininha direito, mas ele não queria que as pessoas comentassem como ele ainda não sabia pintar muito bem, então eu posaria na pose da infanta Margarita. E depois, com calma, meu pai colocaria os brocados, os laços de fita, as jóias e os cachos e eu ficaria simplesmente linda e ninguém saberia que aquela linda do quadro seria eu, só meu pai e eu, e isso só faria aumentar o meu prazer de ficar, afinal, linda.

Foi algo construído, montado, na minha cabeça por muitos anos e houve uma época em que eu procurei saber dos fatos, averiguar, cheguei a perguntar à minha mãe se ela sabia que fim teria levado uma reprodução de

Velásquez feita por meu pai há muitos anos, mas ela disse que não sabia do que eu estava falando. Como sempre, fiquei com a impressão de que mentia. Depois mais tempo foi passando e mais tempo ainda e essa história toda foi ficando para trás, primeiro ao lado de tantas outras histórias e depois até mesmo menor que outras histórias. A ponto de, na sexta-feira passada, e isto quando eu penso agora é realmente incrível, quando na sexta-feira passada eu subi para Miracema, era noite e fazia muito tempo que eu não chegava a Miracema à noite. E deve ter sido por isso que o que me invadiu não foi raiva do meu pai, não foi a revisão minuciosa do que eu iria fazer e dizer quando o visse, dali a poucos minutos. O que me invadiu foi a alegria que eu sentia, menina, chegando a Miracema em outras sextas-feiras à noite, para passar o fim de semana na nossa casa de fins de semana, o frescor tão reconfortante da sala vazia, a me esperar depois de uma seqüência que começava com o pulo que o carro dava ao passar do asfalto para o paralelepípedo. E naquela hora, eu sozinha no carro, cheguei a diminuir a velocidade mesmo sem necessidade — não havia trânsito nem ninguém, hora da novela. E foi devagar que segui, a ponte, o lugar da feira, as ladeiras, a casa da Leontina e quase parei. Quase parei na casa da Leontina. Seria fácil: Oooiiii. Mas que surpresa!

Pois é, vim ver meu pessoal e esqueci que minha mãe e minha irmã não iam estar em casa, veja você minha cabeça.

Mas entra, ora! Come uma coisinha com a gente. Mãe, olha só quem está aqui!

Por um instante — e isto é incrível — eu poderia perfeitamente ter ido a Miracema sexta-feira passada e estacionado dois portões abaixo do portão da casa da minha

48

família, entrado na casa da Leontina, lá ficado de papo e depois voltado. De muito pouca coisa é feita a vida.

A VIDA QUE ERA FEITA DE MUITO POUCA COISA

Haroldo, eu estava meio deprimida e subi para Miracema. Lá fiquei em dúvida se visitava a Leontina ou meu pai e calhou de visitar meu pai.

Essa visita que não houve à casa da Leontina teria sido com certeza parecida com a última visita que fiz a ela, mas melhor, a última já incorporada em nós. Parecida, no principal, a todas as visitas que fazemos, nós, mulheres, umas às outras, quando contamos nossas histórias, compulsivamente, umas às outras, entre risos e choros, cigarros e copos de vinho ou xícaras de chá, no meio das ruas, em restaurantes e principalmente nas salas cheias de almofadas e plantas, que é como gostamos de nossas salas, nós nos contando sem parar nossas histórias e é esse o seu problema, Haroldo: nenhuma história resiste à sua precisão, à sua telecomunicação.

Haroldo, eu não vou contar. E então nosso relacionamento vai acabar. Mas se eu contar, também vai, porque eu vou ter me sentido obrigada a contar e você sabe qual é minha reação quando me sinto obrigada a alguma coisa.

Na casa da Leontina, sexta-feira passada, não haveria almofadas nem obrigações mas um sofá de plástico marrom. A mãe, o marido, o irmão mais novo e o filho nos deixariam em paz, nós sentadas bem juntas no sofá e eles nem sequer nos olhariam quando déssemos esporádicas risadas. Apenas sorririam um pouco, olhando fixo para a televisão, discretos, em um compartilhar afetuoso mas respeitoso do que estaria nos deixando tão alegres. Essa visita seria melhor do que a última quando nos vimos depois de muito tempo e ficamos falando por horas, sentadas na mureta da varanda que, na casa dela, sai da cozinha e não da sala.

Mais eu falando.

Ela havia casado, mudado, eu tinha casado, mudado, e agora ela voltara para a casa da mãe com o marido e um filho pequeno e eu tinha me separado, sumido e também, um pouco, voltado e havia uma ansiedade muito grande em deixar claro que nada tinha mudado, embora nesse ínterim — entre nossas brincadeiras de pega-pega e esconde-esconde e aquele dia — tivéssemos ficado o que já éramos, eu rica e ela pobre.

Falei de homens mais do que de trabalhos.

Ela alisava a saia em silêncio, olhando para baixo e no fim falou:

O Pedro é bom, sabe.

Quase chorei e ela também e para evitar isso entramos, tomamos um café de pé na cozinha onde, além da garrafa térmica, havia um prato de torresmo em cima da pedra do fogão, só o prato na cozinha limpa, embaixo de um paninho muito pequeno para ele e também o paninho absolutamente limpo, fui embora.

Se eu tivesse entrado na casa da Leontina e não na da minha família, sexta, tudo isso já estaria dentro de nós e quando nos beijássemos, oooiii, seria um oooiii que começaria dali, mais adiantado. Deveria ter ido.

Acho que nunca mais vou ver a casa de Miracema, não por dentro. Pode ser que passe em frente, a marcha lenta, o olhar guloso, pode ser que nem isso. A mudança para o apartamento novo, no centro, está prevista para o fim do mês, não devo voltar antes disso, fico pensando em como voltar depois.

O que você vê logo de entrada é a varanda, com uma mesa de ferro e suas cadeiras, muito duras para ser usadas, depois a sala com um sofá em cima do qual há uma fotografia de um outro sofá, o do apartamento luxuoso que era o deles no Rio. É o único caso de fotografia de sofá que eu conheço, enfeitando lugar nobre, em cima de sofá, este muito mais vagabundo — o real, o concreto. Este, o concreto, de plástico imitando couro. E em cima o lustre de formiplac. E objetos, objetos em profusão, enfeitinhos, tapetes, cortinas, enfeites de cortina, toalhinhas nas mesas, mesinhas, poltronas, outros sofás menores, impressionante, tantos anos e sempre fico impressionada como uma sala vazia, fresca e fria se encheu tanto de coisas. Depois vem a cozinha e você sai outra vez para a claridade estonteante do sol das montanhas, onde há o terraço de chão de vermelhão que vira branco e luz pura ao meio-dia. Perfeitamente inútil, então, a divisão feita a golpes de cera pela minha mãe, pois quando é meio-dia, sob o sol, tudo é branco. Mas de noite, na luz pálida da lâmpada pendurada do quarto do meu pai, ou sob a lua, dá perfeitamente para ver a marca, como se fosse a junção de páginas de livro, o vermelho frouxo, amarronzado, do terraço "do meu pai", onde ele coloca todos os dias de manhã as gaiolas para limpar. Então, segundo ela, nem adianta e é por isso que ela nem tenta. Ficaria imundo mesmo. E nesse terraço, se você entrasse na sexta-feira passada, haveria uma outra imagem. Porque eu fiquei muito tempo nesse terraço, eu fiquei muito tempo em cima daquela linha reta, olhando em torno sem ver nada até que consegui ver alguma coisa, algo em que consegui fixar a vista, o saco plástico que balançava, branco, meu estômago do lado de fora, meu peixe abissal, meu não-eu. Atrás da casa, na encosta com uma matinha que há atrás da casa, nesse dia, sexta-feira, havia um saco plástico que chegou lá provavelmente depois de ter voado com o vento até se enganchar em um galho e lá ficou como um fruto grande e leve, dançando na brisa, em sua insustentável leveza de jaca pós-Kundera. Porque eu já tinha tentado ser, em outra ocasião, uma tcheca em Paris, casacão cobrindo as botas, eventos muito importantes para o decurso da história mundial tendo acabado de acontecer à minha volta. Mas mais uma vez não deu, eu era um dos meus eus, algum outro, mas meus cabelos ao vento não eram cortados com tanta nitidez e meu estômago estava estranhamente leve, do lado de fora, dançando ao vento, branco, na matinha rastaqüera. E o que tinha acontecido não teria nenhuma importância no decurso da história, qualquer história, até mesmo a minha.

A MULHER QUE CONFUNDIU MIRACEMA COM PARIS

Meu pai morreu na banheira. Disse o vizinho que é médico que de morte súbita e, para consolar a viúva, acrescentou: se tivesse alguém aqui na sala morria do mesmo jeito porque não daria tempo para ninguém notar. Era o único fim de semana em muitos anos em que ele ficaria sozinho na casa de Miracema, minha mãe, minha irmã e minha sobrinha tendo ido em caravana azul-turquesa para uma solenidade do Jorge, o caso fixo da minha irmã, na cidade vizinha.

Meu pai morreu na banheira e em cima da cama dele, arrumada, a roupa que ele iria colocar depois do banho, calça, camisa, cueca, meias, sapatos engraxados, cinto e, mais do lado, o que iria para dentro do bolso, o dinheiro preso em um clipe de papel, um lenço limpo, duas balas de hortelã, a chave do portão que nunca era trancado à chave porque sempre havia gente em casa e, disse minha irmã, com voz baixa que mesmo baixa é muito alta, um preservativo. Graças a deus malocado embaixo do lenço, acrescentou ela.

Agora, por que será, me diga, Terinha, que ele malocou o preservativo, sozinho como estava em casa, colocando-o embaixo do lenço? Mas graças a deus, porque senão as pessoas que chegaram ao cadáver antes da família teriam visto e seria um escândalo.

Nosso pai, Tisica, deixou bem claro na sua morte que pensava em sair para a farra em sua única folga em anos.

No vídeo da saleta, quando a empregada entrou descobrindo o cadáver, uma fita, já acabada, a tela com os traços cinza, o barulho da estática.

Foi assim que eu percebi que alguma coisa estava errada, dona Tequinha, porque ele não é de deixar coisa ligada. Luz do lado de fora, vídeo do lado de dentro, eu logo vi.

E não acrescentou: mão de vaca como ele é, imagine, gastar eletricidade à toa.

E a fita de vídeo, e isso eu saberia de qualquer maneira, porque nós sabemos disso há muito tempo, é fita pornô. Os filmes pornôs em profusão, em geral alugados da locadora, mas alguns, os preferidos, estocados na cristaleira que faz de armário e bar e que fica atravancando o que seria a saleta do quarto dele mas que não é, porque não há mesa. Ele come na cozinha mesmo, que por sua vez também não é uma cozinha, mas apenas um puxado de zinco perto do tanque, onde ele mantém seu fogareiro a gás e o bujão do gás, uma geladeira pequena, dessas de escritório, e umas tábuas com as bebidas. Fechando tudo isso, à guisa de parede, a fileira das gaiolas de passarinhos.

Quase mortos, já, de sede e de fome, quando a empregada atravessou a linha divisória dos vermelhos, na segunda-feira de manhã.

No telefone, segunda-feira de manhã, a empregada da minha mãe não fala coisa com coisa mas nem precisa, eu já tinha adivinhado. Só me ocorre que tanta previdência que eu tive — um dia morre —, toda a minha antecedência foi em vão: a banheira. Porque há tempos eu peguei telefone do serviço de cremação do cemitério, despachante que cuidasse dos papéis: o coração. Coração também acontece em feriados, Sete de Setembro, no meio do Carnaval, madrugada, domingo, por isso, pensei, peguei.

A MULHER QUE ERA PREVIDENTE

A empregada disse que quando ela estranhou que meu pai não tinha ainda cuidado dos passarinhos apesar de as seis já terem passado, ela entrou no quintalzinho para chamá-lo e logo viu que algo não estava bem e foi aí que ela se deparou com a desgraça, uma desgraça, dona Tequinha, e ela então teve uma bambeada nas pernas e chegou a cair, porque ela também sofre do coração e até mesmo naquela hora, depois de minha irmã, minha mãe, minha sobrinha e o vizinho que é médico já terem chegado, e depois mesmo de já ter tomado água com açúcar e uma pilulinha que ela sempre via meu pai tomar e que ainda estava por ali na mesa, até mesmo agora, com a dona Clotilde pedindo para ela ficar tentando fazer a ligação porque a senhora sabe como às vezes demora para completar a ligação, né, dona Tequinha, mas até mesmo agora, já sentada no sofá tentando fazer a ligação para mim a pedido da dona Clotilde, coitada, a senhora não imagina o choque dela, ela está. Mas ela não consegue me dizer como ela está porque foi nesse momento que minha irmã pegou o telefone, alô?

Clotilde?

Pois é, Tererê.

E ao fundo, barulho de vozes, campainha tocando. São duas horas até Miracema, mas — eu expliquei — tinha ficado de apanhar um japonês que ia chegar no aeroporto, coisa que eu podia não fazer, dane-se, mas, mesmo assim, são duas horas. Minha irmã não é objetiva, mas a voz da minha mãe ao fundo é: bobagem, diz para ela não vir, que adianta? E minha irmã completa: três dias na banheira, o vizinho que é médico fez o favor de assinar o atestado, enterro imediato, a kombi já está lá.

É verdade, Terê, besteira isso, morreu, que diferença faz, você vem no fim de semana e pronto.

O roteiro de cinema, um dos muitos que escrevemos, meu ex-marido e eu, na cama que era a nossa, começava com um enterro. Tínhamos um clima meio década de 60 e essa é a única explicação que eu consigo dar. Porque achávamos que tudo sempre ia dar certo e, quando não dava, não tinha importância, porque logo partíamos para outra. E a única coisa que de fato nunca dava certo, a cama, dela não falávamos, nela não pensávamos e aos poucos ela foi sumindo, não só no sentido figurado mas concreto.

A cama vagabunda, comprada de segunda mão, deu cupim e foi jogada fora nos primeiros meses de casamento, com o plano de fazermos uma viagem ao interior da Bahia, quando encontraríamos verdadeiras preciosidades da época colonial nos sítios de beira de estrada, em jacarandá maciço e com gavetões de puxadores de cobre trabalhado. Ali, jogados. Porque esse pessoal não dá valor, diz que é velharia, você compra uma peça dessa, que vale uma fortuna, por uma ninharia qualquer — e no entanto éramos todos de esquerda.

Ficamos no colchão no chão mesmo, pelos cinco anos que durou a sociedade. Onde não fazíamos sexo mas fazíamos planos para um novo bar da moda onde todos os nossos amigos iriam beber e nos encheriam de dinheiro, roteiros para filmes a ser feitos por aqueles nossos outros amigos, enturmados com os esquemas dos produtores. E onde também fazíamos as refeições que podíamos fazer, não eram todas, as três de cada dia. E também plantas baixas para a casa que iríamos construir no terreno que tinha sido da mãe dele. E onde, já no final, assistíamos, vencidos, televisão, um aparelho preto-e-branco enorme que tínhamos ganhado já usado de presente. Éramos muito amigos, achei que éramos. Não me convidou.

O roteiro — chamávamos de roteiro embora só tivesse as duas primeiras cenas — começava com um enterro, as pessoas vestidas de preto, os homens de terno preto apertado, todos suando em bicas embaixo de um sol duríssimo. Iam andando atrás do caixão, que seguia aos trambolhões no ritmo de um jazz do Lalo Schiffrin. Eu não perguntei. Mas vejo perfeitamente três desconhecidos e mais o vizinho que é médico, levando o caixão aos trambolhões. É uma família de poucos homens e então, logo a seguir, atrás do caixão — que brilha, o caixão deve brilhar com a sua madeira envernizada, cafona — estariam minha irmã, minha mãe e minha sobrinha. E atrás o barulho ritmado dos passos das pessoas no chão de terra e em aclive, ritmado pelo jazz do Lalo Schiffrin. Sempre achei que meu pai iria ser cremado, o padre-nosso dele terminava com um merdae pro popolis. Mas as circunstâncias. As circunstâncias, disse o vizinho que é médico, aconselham a não cremar, e como ele já estava fazendo o enorme favor de dar o atestado, ninguém discutiu. A vaga, cova, espaço, deve haver um nome adequado que eu não sei, foi então comprada às pressas no momento mesmo em que o corpo chegava no cemitério. Na parte nova do cemitério, a única com disponibilidade, porque primeiro vem toda a avenida principal, com os túmulos das famílias nobres miracemenses, depois as aléias menores. E depois então pela trilha de terra batida que, me ocorre agora, deve ser parecida com a rua de terra por onde um dia subiu um piano, terá subido dessa vez um caixão, e com meu pai dentro, a parte nova não tem árvores, mas pó, as pedras. O coveiro jogou a primeira pá, que caiu com um barulho de terra seca, levantando um pó de tão seca, uma terra onde nada nasce, minha irmã, minha mãe, minha sobrinha terão chorado? Logo quando eu entrei na varanda com a mesa e as cadeiras de ferro tão duras, hoje de manhã, eu escutei um oooooiiiii!

Minha irmã Clotilde, o sorriso largo na cara gorda, perto da mesinha e as cadeiras que me pareceram eternas, acontecesse o que fosse, elas continuariam lá.

E mesmo nessa hora vi o letreiro:

A MULHER GORDA PERTO DA MESA E CADEIRAS DE FERRO
QUE ERAM ETERNAS E ELA PRÓPRIA TAMBÉM PARECIA ETERNA

4

A minha irmã é gorda e fala devagar e quando estou perto dela sofro uma transfiguração involuntária, desço os ombros, deixo os olhos parados e vou catando dentro de mim uma maneira de falar e um o que falar que combinem com o resto. Respondo um oooiiii bastante razoável.

Já minha sobrinha, logo atrás dela e de short curtíssimo em uma perna que também será muito gorda no futuro, tem uma grande necessidade de mostrar para mim que é uma jovem moderna em nada diferente das jovens de cidade grande. Essa necessidade aumenta quando estou com Haroldo e então a primeira frase é, ai, merda, dormi demais, acabei de acordar. O importante sendo a merda. E três beijinhos. Três e não dois. É como as meninas de Miracema fazem. Se você tira o rosto antes, sem esperar que haja um terceiro, ela te segura, dá o terceiro, e explica rindo para mostrar que é uma bobagem: senão, eu não caso.

No meio da sala, uma pilha de livros e o livro de cima é *Os grandes pintores do mundo*, um choque, mas minha mãe está na sala com o vizinho que é médico. A sala está já meio desmanchada por causa da mudança, algumas caixas pelos cantos, mais objetos do que eu esperaria embora saiba o quão atulhada de coisas ela é, eu procuro olhar para tudo menos para *Os grandes pintores do mundo*. O vizinho que é médico é aposentado e está tirando a pressão da minha mãe vestido de bermuda, tênis e meia, o estetoscópio brilhando no pescoço.

Mâmi anda muito nervosa, me explica Clotilde.

Ele tira a pressão com a sobrancelha franzida dos momentos importantes.

Esvazia a bombinha de ar e torna a encher sem dizer nada.

Torna a medir, depois esvazia outra vez.

É viúvo e gostaria de arranjar uma nova mulher de preferência nova, deve estar nos setenta, suas mãos tremem muito, dizem que bebe. Mas naquela hora acho que não é por bebida que as mãos tremem e sim por emoção, porque depois de tantos anos sem nada para fazer, um acaso o faz voltar a ter a importância da profissão. Deve ter vindo tirar a pressão depois de se arrumar com cuidado, a exata balança entre chique e limpo, é um médico — mas casual: bermuda e tênis, é um amigo. Quando ele acaba, nos cumprimenta, a mim e a Haroldo, com um abaixar de corpo antiquado e falso, distante mas cobrador: ele é o médico, deu o atestado, está cuidando da minha mãe, de graça, é bom frisar. A seqüência prevê que eu franza a testa de preocupação, torça as mãos? não, torcer as mãos é exagero, mas pergunto com a voz ansiosa e ligeiramente paternalista — ou maternalista no meu caso — que se usa quando o assunto é pessoas idosas com problemas de saúde: e então, doutor, como é que estão as coisas — as coisas sendo minha mãe.

As coisas estão ótimas, a pressão da minha mãe está ótima e ela faz cara de que isso pode não continuar assim.

Ele volta à sua consulta e pergunta detalhes como se ela dormiu bem, se evacuou, se a dormência na perna e não espera minha mãe acabar de responder às perguntas e vai fazendo um hã-hã concordante, em paralelo à resposta dela.

Se ele aceita um cafezinho, pergunta minha irmã e, para mim: ele acabou de chegar, quase junto com vocês.

Não, ele não aceita um cafezinho, diz que com certeza temos muito que conversar, vai nos deixar a sós, e também ele ainda tem que sair, aproveitar o comércio aberto de sábado de manhã, resolver um problema com a máquina fotográfica e vai explicando, imperceptivelmente cada vez mais para Haroldo, o único outro homem presente, o problema com a máquina fotográfica. Minha sobrinha se distrai, pega o jornal, vai direto para a página do horóscopo, acabou de acordar, hora de ler o horóscopo. Ela está do meu lado no sofá e naquela hora tenho uma vontade irresistível de ler o meu.

Prevalecem bons indicadores em relação a sua rotina de trabalho, comportamento afetivo moldado em quadro de sensibilidade.

Tenho consciência da presença do livro de pintura por trás da folha aberta do jornal e fico tentando descobrir mais pessoas cujo horóscopo subitamente possa me interessar, mas o médico está na minha frente, a mão estendida. Prazer em revê-la. E Clotilde começa a falar, minha sobrinha também, elas falam tanto, minha mãe se levanta, pede licença porque vai se arrumar para depois almoçarmos, ela pergunta se nós nos importamos de almoçar cedo, ela prefere. E quando ela sai minha sobrinha começa a contar, com a desculpa de que Haroldo pode não saber, tudo outra vez, mas minha irmã interrompe e fala com sua voz baixa-alta que ela depois quer conversar devagar comigo, que ela está preocupada, que minha mãe está tendo uma reação nervosa. A reação nervosa — completa minha sobrinha — é que ela está ótima. Mas é esse o perigo. Quando piorar, vai ser de repente, vai cair de repente.

Mas minha mãe faz um barulho lá dentro e a mesma frase da minha sobrinha que no começo dizia respeito à minha mãe muda, no meio, para a morte de meu pai, como se fosse esse o assunto sem parar, em uma técnica de despistamento que me surpreendeu, em que idade aprendemos a mentir tão bem? Minha sobrinha tem dezessete anos, vai começar a faculdade. Ela conta, se dirigindo a Haroldo, que é sua única desculpa para repetir tudo de novo: foi um choque mas não para ela.

Elas só souberam pouco tempo antes de mim da morte do meu pai e voltaram a toda para Miracema, enquanto pediam pelo telefone que a empregada ficasse tentando me ligar. Minha sobrinha diz que ela sabia. Ela deu um grito bem na hora, bem no meio da cerimônia do Jorge, sexta à noite. Ela deu o grito, todo mundo olhou, num espanto também dela, a explicação vindo bem depois do fato: ela gritou porque naquela hora meu pai estava morrendo dentro da banheira. E aí ela pergunta se eu lembro do tiro, eu digo claro que lembro, mas não adianta, ela conta. Na hora em que eu levei o tiro, uma bala perdida, ela teve uma febre muito alta em Miracema.

É verdade que teve febre na semana anterior e várias vezes depois, por causa da bronquite. Mas ficou só a febre do tiro, que é como ela se refere a essa história. Eu concordo: é, a febre.

Começo a me arrepender de ter ido.

Mas minha mãe põe a cara na porta do quarto, ela está pronta, vamos logo, mais tarde e o restaurante ficará muito cheio.

Aparentemente meu pai ia tomar um banho antes de sair, porque no quarto em cima da cama estava sua roupa, diz minha sobrinha. O rádio ficou ligado até segunda de manhã no chão do banheiro e, na sala, o vídeo também estava ligado, com um filme rebobinado e em cima do vídeo a capa do filme, toda em preto com o aviso da locadora, filmes sem rebobinar terão R$ 2,00 de acréscimo no preço. O vizinho que é médico disse que foi mal súbito, que isso acontece mesmo com quem não sofre do coração, quanto mais com quem sofre, e que nada nem ninguém poderia ter evitado. E que o ocorrido se deu provavelmente sexta à noite.

Portanto, pouco depois de sairmos, pois saímos no finalzinho da tarde — diz minha irmã.

Sexta é o dia da semana em que a empresa onde eu trabalho costuma marcar apresentação para grupos e, quando não as há, nós, os monitores, saímos mais cedo.

Uma sexta à noite, há um ano mais ou menos, eu fazia a apresentação Shakespeare no Pub, que já se chamou A Verdejante Albion e também Swinging London — mas as épocas mudam. Recepção dos interessados com coca-cola e biscoitinho, depois disso nos dirigimos ao auditório, trinta minutos de palestra com projeção de slides e um filmete do grupo anterior rindo perto da estátua de bronze, rindo na mesa do café da manhã do hotel, rindo dentro do ônibus, rindo na porta do teatro. E, depois disso, a rápida passagem pela secretaria para a tomada dos nomes e endereços para posterior correspondência, passagem esta sugerida sempre com voz gentil mas bastante firmeza — digamos empurrões — pelo nosso pessoal de apoio, só que eu levei bem mais do que os trinta minutos.

Quase uma hora, me entusiasmei comigo mesma, eu sou ótima. Saí do palco para falar, cheguei bem perto dos que tinham cara mais maçante, dizendo alto que era aquela pouca distância a que separava os atores shakespearianos de sua platéia, composta de vagabundas — e o vagabundas soava vibrante, promissor, nos ouvidos do senhor de óculos, dava frisson na mulher loira platinum pintada e nas suas duas princesinhas, as freguesas em potencial do pacote especial para adolescentes Aproveite as Suas Férias.

Vagabundas, artistas, artesãos, ciganos, estrangeiros, malandros das ruas.

Falo isso com o púbis encostado na mesa em U que forma o auditório, a mesa é baixa, fica bem na altura, dá até para apoiar um pouquinho e com isso enriqueço a polissemia da palavra Pub do título. O pacote deveria se chamar Shakespeare no Pub(is) e aí, sim, veríamos o que é ter sucesso.

E depois me afastei um pouco e recitei algumas linhas, poucas, senão eles não agüentam, do monólogo final de Próspero.

Era um amálgama, a platéia sentia o cheiro dos atores e vice-versa.

E, com esse final, tornei a subir no palquinho de madeira do auditório, enquanto a platéia, a minha, não a de Shakespeare, dilatava um pouco as narinas nas minhas costas, eu tinha certeza. Sentei, arrumei os papéis enquanto encetava o obrigada, queiram agora se dirigir por favor para a secretaria, e foi aí que senti o queimado no braço, como um choque elétrico. Olhei, o buraco branco que se tingia rapidamente de vermelho. Minha primeira reação foi encarar a platéia. Depois eu ri muito disso, mas minha primeira reação foi pensar que alguém da platéia, entediado com minha longa explanação shakespeariana, tinha resolvido me abater a tiros. Só depois de alguns segundos caio em mim e olho pela janela, as luzinhas do morro da Providência piscando na escuridão. Ainda, lerda, levei mais alguns segundos antes de acabar de entender e me levantar, brusca, derrubando a cadeira e gritando, fecha aí, fecha aí — e só então começou a doer de fato.

Essas reações sempre lerdas, defasadas, eu custando sempre tanto para entender o que se passa.

Foi esse o tiro. E no momento do tiro, minha sobrinha em Miracema teve um pico de febre e foi enfiada correndo em uma banheira de água gelada.

Ela está contando em sua voz também alta como a de Clotilde mas se interrompe, um pouco aturdida com a banheira gelada e pensando em como agregar a recémdescoberta coincidência de banheiras geladas na próxima vez em que contar a história de suas premonições.

Meu campari vem forte, eu pedi fraco e ainda ensinei, três dedos, bastante gelo, o limão, o resto você enche com tônica. Naquela sexta do tiro houve apresentação, na sexta passada também, mas eu não participei, saí mais cedo para subir para Miracema.

Chegamos cedo no restaurante, minha sobrinha falando sem parar, somos os primeiros, o garçom vem se abotoando nos atender. Atrás dele, o palco montado, tínhamos esquecido, sábado, neste restaurante, é dia de show. Ao vivo, com Moacir's e seu repertório internacional. Ainda hesitamos: ficamos, não ficamos, já estamos aqui, o que tem, não é por isso que não estamos de luto e, de qualquer maneira, acho luto uma bobagem.

Então sentamos.

O garçom vem se abotoando mas já com uma bandeja com a batata frita, a cebola frita, o aipim frito, a banana frita, o feijão-tropeiro, são onze e meia da manhã, a couve mineira, o arroz branco, a farofa de lingüiça, a maionese, o molho de cebola crua e a pergunta o que vão beber. Um campari, quase berrei. E no silêncio que se seguiu, tentei suavizar. Fraco.

Minha irmã olha em torno, ela sempre olha em torno, ela fica procurando o Jorge em qualquer lugar que ela esteja.

O HOMEM QUE NÃO ESTAVA EM LUGAR ALGUM

Minha irmã casou, descasou, nessa época meus pais já moravam de vez em Miracema, a faculdade de odontologia de Miracema, uma das piores do país, aceitava minha irmã como professora. Tinha um consultório com o marido mas a separação tinha sido separação de consultório também. Ela veio e foi morar com meus pais, ajudariam com minha sobrinha, ela no trabalho. E aí ela conheceu o Jorge. O Jorge é advogado e escritor, teve um livro há tempos editado por editora do Rio, fator determinante em seu status atual de responsável não só por uma página mensal do jornal, assuntos culturais, mas também pela seleção, organização, apresentação, prefácio e produção do *Anuário poético miracemense*, que deveria ser, como o nome indica, editado uma vez por ano mas que ultimamente tem saído quando dá, e não tem mais dado, coisas da política: a verba é da prefeitura mas o prefeito, tradicionalmente alguém da família do Jorge, agora mudou.

Minha irmã é bonita, cabelos que tendem para o vermelho, a pele gorda muito clara, e é a namorada oficial do Jorge. Isso em um caso que não ata nem desata para mais de dez anos e nesses dez anos, toda vez que eu e ela nos encontramos e eu pergunto, e o Jorge?, ela me responde com dramas. Uma vez o Jorge esteve no Rio e me telefonou, gentil, tinha umas coisas da minha família que ele tinha trazido, como portador, a pedido de minha mãe. Marcamos um encontro. Depois minha irmã perguntou: ele te paquerou? Querendo muito que eu respondesse sim, sim, me paquerou, o safado, para que ela então sofresse mais um pouquinho, um gozo só. Está nisso para mais de dez anos e na sexta-feira em que meu pai morreu, o Jorge ia receber uma grande homenagem em uma cidade próxima. Ia ter uma recepção, o Mirajá — apelido do matutino *Miracema Já* — estava cobrindo o evento há quase uma semana, repetindo todos os dias o mesmo texto na coluna "O que há de novo". Minha irmã, minha sobrinha e minha mãe não poderiam — como elas disseram — deixar de prestigiar. Meu pai não foi porque não ia prestigiar uma pessoa que não tem uma única atitude de homem. E não foi também por causa do seu outro compromisso, como ficou claro quando Clotilde chegou e viu — e ainda bem, Terê, que mâmi não viu — as coisas em cima da cama, o preservativo.

Ele morreu de ataque súbito na banheira, hora provável, sexta à noitinha, poucas horas depois de a família ter se metido no carro da minha irmã com destino à cidade vizinha, onde iriam assistir à homenagem e passar o fim de semana no próprio hotel (piscina e solário privativos, bufê internacional, salão de jogos) que organizava o evento e que estava oferecendo tarifas reduzidas para os convidados especiais. Morreu na banheira, e em cima da cama, a roupa que poria depois do banho. Pôs. Já estava lá mesmo, era preciso pressa, a kombi com o caixão já na porta. O único problema foi o tamanho, as roupas precisaram ser abertas na parte de trás para caber, o cadáver inchado.

Em Toledo Caetano, também conhecida por Miracema do Alto, a cerimônia de homenagem ao Jorge corria solta quando minha sobrinha, ao lado de minha irmã e minha mãe e dentro de um vestido de veludo azul-turquesa escuro debruado de branco com um aplique também branco do pescoço à cintura, soltou um grito que ela mesma não soube, na hora, justificar.

Eu tenho disso, disse ela, a boca cheia, no garfo um pedaço da picanha que ela conseguiu juntar com uma rodela de cebola à milanesa. E para Haroldo: imagina se eu sou de ficar gritando em meio de coquetel, dando vexame e ainda por cima toda suada, nem morta. E pára outra vez, um pouco confusa, nem morta sendo uma expressão de todo inapropriada para o assunto. No buço, a farofa que estava grudada na cebola agora está grudada no suor e no palco o cantor se queixa de que Natalie só escuta a própria voz e ninguém mais, tem a magia do pecado, faz coisas que parecem tão banais e ele sempre, sempre apaixonado, vou economizar no meu segundo campari para agüentar. O cantor aperta — mais ainda, que apertada, pelo cinto, ela já está — sua grande barriga com apenas três dedos da mão, de maneira sensual, sentimental, como se lá, um palmo abaixo do provável umbigo e um acima do mais que provável pau (um volume considerável na calça preta de cetim), estivesse o seu coração apaixonado. Ele faz isso enquanto passa a língua rápido pelos lábios, situados abaixo de um traço negro e fino, o bigode. Ele passa a língua pelos lábios para molhá-los aproveitando a pausa da música. E aí se pergunta como ele foi perder o coração de Natalie, para que fugir, para que chorar, para que mentir, ele vai dar a dor toda a ti.

Ele mexe muito pouco os ombros, de lá para cá, e semicerra os olhos, não é de todo mau, já estou achando que o cantor não é de todo mau, vou parar no meio deste novo campari, se pelo menos o Haroldo, acabei de chamar Haroldo de Horácio sem querer e pedi desculpas, minha mãe olhando fuzilante para mim. Se pelo menos o Haroldo chegasse para mim, os olhos semicerrados, o amor que existe foi guardado para ti, eu te peço, amor, volte para mí, mas isso está fora de cogitação, o garçom vem perguntar se eu quero mais um campari e eu hesito mas quero e para evitar comentários emendo, dirigindo-me a minha irmã: mas e aí, o Jorge?

Ela nunca mais quer ver o Jorge.

Com minha melhor amiga — acrescenta.

Balanço a cabeça. Pouco, senão tudo roda. Vai ver, vai ver.

Posso perguntar também da Ana. O rei da Espanha da época de Velásquez tinha um ascendente que morreu louco em Alcalá. Roteiro Ibérica Caliente, ou, hoje, O Negro El Greco Ensina Espanhol — duas semanas. Era um herdeiro direto do trono mas nasceu epilético, o que era entendido como possessão do demônio, pela Inquisição. Mas futuro rei não podia ser possuído pelo demônio, então a solução foi prendê-lo no Palácio de Alcalá até morrer. Assassinado. Provavelmente pelo próprio pai, o rei. Ana não teve Alcalá, está em um quarto, é prima de minha mãe e é cuidada pela irmã, que já está idosa e que revira os olhos quando alguém vai lá saber como estão as coisas, deus tinha que fazer a caridade de levá-la. Fico pensando que quando isso acontecer, com qualquer uma das duas, a outra morre também, são a mesma pessoa, uma parte presa em um quarto, a outra presa em uma sala.

Haroldo pergunta nessa hora quem vai querer café, mas minha irmã diz que o café é no apartamento novo, para que nós, eu e Haroldo, conheçamos o apartamento novo, eu digo que prefiro voltar para a casa velha, não sei por quê, um pânico de entrar no apartamento novo.

5

A pintura — o livro está bem na minha frente, talvez, penso agora, seja de propósito — representa Velásquez fazendo o retrato, no seu cavalete, da infanta Margarita. Para distrair a princesa, imóvel em seu pesado vestido de brocado, as meninas conversam com ela e uma delas — Maria Agustina, menina da rainha e filha de don Diego Sarmiento — lhe oferece um búcaro, ou vaso das Índias, que mantém a água fresca. A que se inclina ligeiramente em direção à princesa é dona Isabel de Velasco, filha do conde de Fuensalida. Em primeiro plano há um espaço vazio, um dos tantos espaços vazios de Velásquez, e logo depois vêm Nicolasito Pertusano e Mari Borbola, anões na corte, com um cachorro. Atrás do grupo principal, dona Maria d'Ulloa, dama de honra, e um guarda. E ao fundo, uma porta aberta para a escada, com Josef Nieto, aposentador da rainha. Os quadros que ornam as paredes da galeria assim como o espelho que reflete o rei e a rainha ao fundo existiram de fato naquele exato lugar.

A pintura é um jogo de olhares.

Velásquez olha para quem olha o quadro e, no entanto, a composição nos diz que ele deveria estar olhando para a infanta Margarita, motivo de sua pintura. Mas a infanta está quase de costas para ele, também olhando quem olha o quadro e que se vê, assim, observado em vez de observador. E quem olha o quadro? O rei e a rainha de Espanha, conforme está documentado pelo reflexo no espelho ao fundo, ou seja, quem olha o quadro não é quem olha o quadro, eu ou você, e sim personagens, ainda, em um deslocamento do que é real, do que é a ilusão pintada. E o próprio título da pintura — provavelmente aposto posteriormente — também indica um olhar, um foco deslocado, pois as meninas, longe de ser o elemento nuclear da composição, também não o são na hierarquia da corte espanhola do século XVII. Jamais poderiam titular pintura oficial, principalmente pintura em que estivesse um dos membros da família real, neste caso, a infanta. Além do rei e da rainha no reflexo ao fundo. E, claro, na pintura há o vazio do primeiro plano, hiato necessário para a transmutação de observador para personagem. E há a cruz no peito de Velásquez, vista quando não pode ser vista.

Dizia para todo mundo — e há vários relatos da época e posteriores testemunhando isso, incluindo o mais famoso, de Téophile Gautier — que só pintava o que via. E mesmo que assim não fosse, como um pintor comissionado por um rei iria ousar se retratar com uma comenda que não possuía? A cruz vermelha de cavalheiro que se vê pintada no peito do Velásquez auto-retratado não existe. *As meninas* foi feito em 1656. Nesse ano Diego Rodrigues de Silva y Velásquez, filho de Juan Rodrigues de Silva, com uma vaga origem nobre portuguesa, e de Geronima Velásquez, ainda lutava para ser reconhecido como nobre pela corte espanhola. Depois de uma afrontosa recusa por um Conselho de Ordem, por causa de insuficiência de provas genealógicas, o próprio Filipe IV pede uma dispen-

71

sa ao papa Alexandre VII para que, em 12 de junho de 1658 — dois anos portanto depois de *As meninas* estar concluído —, Velásquez pudesse receber seu título de cavalheiro na igreja de Carbonera e colocar sua cruz vermelha no peito.

O roteiro Mistérios do Mediterrâneo precisa ter uma parada de entrada e de saída em grande capital do Sul da Europa por motivos técnicos — milhagem das rotas aéreas — e comerciais: você não pode fazer um roteiro apenas com lugares instáveis como o Norte da África e o Oriente Médio porque ninguém vai. Tem que saber dosar, uma pitada de emoção marroquina, cinco de conforto europeu. Por exemplo, quando não é Madri com o Prado e a cruz de Velásquez, é Itália com a Ponte Vecchio e a história do bombardeio na Segunda Guerra, as pontes de Florença destruídas. Baixa a poeira e lá está, a mais velha delas todas, a mais frágil, a mais exposta, a única a se salvar, graças com certeza à proteção sobrenatural de Beatriz e Dante. Salva para cumprir assim seu Papel Histórico, seu Destino Maior que era o de se tornar uma espécie de shopping center, mas o que não.

Não sei quando começou minha obsessão pelas *Meninas*. Justamente é esse o problema, eu não sei. Objetivamente, comecei a estudar o quadro por acaso, para documentar a parada necessária em Madri, mas consciente, claro, de que se tratava da pintura que ilustrava a capa do livro de arte que havia na casa dos meus pais na minha infância. E é impossível saber se antes disso eu já achava que tinha sido eu, menina, sem a camisola, a posar para meu pai ou se eu fui achando, durante essa pesquisa por motivos profissionais, que tinha sido eu a posar nua na pose da infanta espanhola, em um quartinho às seis

72

horas da manhã, descobrindo-inventando, mas é incrível, porque eu me lembro. Chego a sentir outra vez o frio na pele nua. E, no entanto, não era eu.

Disse isso uma vez a um analista, que tinha sido um acaso, tantos anos depois, uma necessidade profissional, eu me debruçar, semanas e semanas, na Biblioteca Nacional, sobre fontes a respeito do quadro. Foi uma das poucas vezes em que eu vi um analista dar uma gargalhada durante uma sessão de análise.

O mistério na verdade não existe, o da cruz, pelo menos. *As meninas*, estando pronto, foi apresentado ao rei que disse estar o quadro quase perfeito. Velásquez teria ficado desesperado e perguntado o que faltava para que ficasse perfeito. E o rei, então, que era um pintor amador, pega os pincéis de Velásquez e pinta, ele próprio, a cruz de cavalheiro sobre a veste negra do Velásquez pintado. Agora sim, diz ele, está perfeito.

E depois disso se beijaram na boca, de língua, e saíram de mãos dadas cantando o tico-tico cá, o tico-tico lá.

CENAS QUE GOSTARÍAMOS DE VER

Filipe IV era um devasso, comia deus e todo mundo, teve trinta e dois filhos naturais, além dos que teve, todos degenerados, com suas esposas legítimas. Por exemplo, o príncipe Baltasar Carlos, filho de dona Isabel, assassinada por seus inimigos na corte. E Carlos II, último rei da Casa de Áustria, epilético e idiota, filho de dona Mariana, última esposa de Filipe IV e que era também, além de sua última esposa, sua sobrinha.

Este morre sozinho mesmo.

Baltasar Carlos, que morreu garotinho, pode ter morrido de causas naturais ou não, há dúvidas.

O homônimo de Carlos II, seu tio Carlos, filho de Filipe II, não provoca dúvidas, é assassinado. É ele quem morre em Alcalá aos vinte e três anos, depois que seu pai anuncia ao mundo que ele tinha caído de uma escada e que estava incomunicável nos seus aposentos, que mais pareciam uma prisão. Provavelmente foi caído pelo próprio pai, porque, diziam, ele trepava com a madrasta, Isabel de Valois, terceira mulher de Filipe II, também chamado de o Fanático e o Obscurantista.

É no meio disso tudo que Velásquez não comia ninguém, era marido e pai exemplar.

Tanto que, sete dias depois de morrer, em agosto de 1660, morre sua esposa Juana Pacheco, de puro desgosto. Foram enterrados juntos para juntos ficarem por toda a eternidade, no campo sacro da paróquia de São João.

(Ele vestido de noivo caipira, ela de noiva caipira, agora o chuviiiisco.)

Velásquez morto, o rei manda fazer grandes funerais, com todos os dignitários presentes, luto oficial, mas não paga às herdeiras — eram duas as filhas — os milhares de ducados que ele devia ao seu pintor e, em que pesem vidas tão diferentes, amigo.

Haroldo, Velásquez mentiu a vida inteira, a vida dele, o dia-a-dia, foi uma vida pequena, não teve aventuras ou aspirações, não ousou, louvava o rei e a hierarquia católica, seguia todas as regras, sua maior ambição era ser funcionário público, ter a garantia, a segurança econômica de um funcionariozinho público, o que ele consegue pouco tempo antes de morrer, ao ser nomeado camareiro. E, no entanto, ele estava mentindo, a pintura dele diz que ele estava mentindo e a mentira é a vida e não a pintura, porque não se mente pintando. E o que ele pintava era o fim da monarquia, o vazio, a feiúra da monarquia, e ele pintava isso com uma pincelada impaciente, rápida, de quem sabe que o tempo acabou e que só ele sabe disso, as pessoas em volta ainda não notaram. Ele não disse nada a ninguém.

Em *Nicandro o antídoto contra las calumnias que la ignorancia y envidia han esparcido para deslucir y manchar las heroicas e inmortales acciones de conde-duque de Olivares después de su retiro*, o conde-duque de Olivares, homem forte de Filipe IV, conta todas as orgias da corte e da época, incluindo as orgias do rei e do clero, como uma vingança por sua queda do poder. O livro, apócrifo, foi feito com a ajuda de um padre, o clérigo Ahumada. Recolhido pela Inquisição, não se sabe o que contava esse livro, mas se adivinha: as sociedades secretas de orgias eróticas que todos conheciam, as procissões de Corpus Christi de Sevilha, empurradas ruas abaixo ao som profano das sarabandas, os nomes dos que não podiam ser queimados por sodomia pela Inquisição porque eram da Inquisição, os bastardos da Igreja, os crimes, os roubos.

AS COISAS QUE NO FIM FICARAM TÃO BANAIS

Haroldo perguntou no restaurante quem ia querer café mas minha irmã diz que o café é no apartamento novo, para que nós, eu e Haroldo, conheçamos o apartamento novo. Eu peço para irmos tomar café na casa-casa, não faltarão oportunidades para que eu conheça o apartamento novo, digo. E digo isso porque me parece naquele momento que eu nunca verei — nem quero — o apartamento novo. Elas vão se mudar, já estava decidido, a casa muito grande, e minha sobrinha entrando para a faculdade, a mesma onde a mãe ensina, o mais prático seria morar perto, para evitar condução. Já estava decidido, há meses que tinham começado a limpar armários escondidos, tirar mudas das plantas preferidas, empilhar paños y tapices, puntas y rendas. Um inventário de uma das casas de Olivares listava libros y pinturas de Flandres, sedas y perfumes, perlas y piedras del Extremo Oriente, bibelôs japoneses, quadrinhos de Caxambu. Desabo no sofá.

Na minha frente, em cima de uma pilha, o livro com *As meninas* na capa. Não resisto mais, Maria Agustina, don Diego, Nicolasito, Mari Borbola, os nomes decorados, prestem atenção, gente, este aqui se chamava Josef Nieto, elas olham para mim.

Haroldo comunica que vai com o carro até o posto para tentar desamassar o pára-lama porque, em curva fechada, o lugar que foi amassado na batida de hoje de manhã raspa um pouco no pneu. E aproveita para encher o tanque para a volta, diz. E já vem. Mas pergunta se antes pode dar um telefonema.

Preciso dar um telefonema para meu filho, posso?

Minha mãe sorri de felicidade, ela adora o Haroldo. Tão educado, mas o telefone está ocupado, não pelo Beto do outro lado da linha, mas pela minha sobrinha, que entrou na nossa frente e sumiu dentro da casa. Descubro que — eu não sabia — a linha que era privativa de meu pai passou a servir a casa inteira, por extensões, e que a linha que antes estava na casa já tinha passado para o apartamento novo.

Desde quando, mâmi?

Ah, faz pouco.

Mas Haroldo sai, não é urgente, tentará falar com o filho mais tarde. Minha mãe diz faceira que vai guardar um café para ele. O homem ideal para mim, eu custei mas agora acertei, tenho de tomar cuidado para não estragar tudo como é de meu hábito e agarrar o Haroldo enquanto posso, porque — ela garante — eu não estou ficando nem um pouco mais moça a cada dia que passa. E eu devia dar um jeito no meu cabelo, pois não tive sorte, meu cabelo é ralo, não é como o da minha irmã, não cai bem.

Ficamos as três na sala.

Tomamos o café, e esse café nunca aconteceu antes, um café em silêncio. A sala desmanchada, a luz que diminui lá fora, uma despedida.

6

Meus pais casaram, foram morar em São Paulo capital, depois no Rio, ganharam dinheiro, perderam dinheiro, tornaram a ganhar e a perder várias vezes, acabaram por mudar para a casa que era de fim de semana, em Miracema, e se separaram. Nunca soube o motivo, nunca me foi dito. Lá pelas tantas, eu já adulta e morando sozinha, começo a perceber, nas vezes em que ia a Miracema passar o dia, que as coisas de meu pai estavam cada vez mais no quarto da garagem e, por fim, era de lá que ele saía para me cumprimentar e para lá voltava para a sesta depois do almoço. Aos poucos passou a me cumprimentar de longe, com um aceno, depois nem isso, porque nos últimos tempos ele pouco ia à casa principal e só era visto quando entrava ou saía de seu quarto e de manhã cedo, quando cuidava das dezenas de gaiolas que mantinha embaixo do telhadinho. O resto do tempo passava vendo filmes pornôs. E se ele não saía para me cumprimentar, eu lá dentro é que não ia, fui desenvolvendo um nojo profundo do quarto da garagem, foi custoso entrar, sexta-feira passada.

Minha mãe passou com o tempo a marcar a divisão entre as duas construções do terreno, encerando a sua parte com cera vermelha, foi a única referência que jamais fez a uma separação.

Quando ela me falou dos telefonemas de desconhecidos eu entendi perfeitamente. Ela disse que se sentia tão sozinha às vezes, minha irmã na faculdade, minha sobrinha por aí, e o serviço telefônico é mesmo péssimo e com muitas ligações que caem errado. E ela ficava tão aborrecida de ter que interromper seus afazeres, se levantar da poltrona e agora a artrite com a umidade da serra fica pior e então às vezes, ela, ao atender uma ligação errada faz voz coquete, quando quem ligou é homem e tem voz bonita, ela faz voz coquete e ela sabe controlar a voz, desde os tempos de rádio e diz, ah, que pena que é engano. E puxa um papo. E eu assenti e não dei importância. E hoje, no começo do dia, achei que ela me falaria desses telefonemas, procuraria dizer como eles não são importantes e desfazer alguma idéia que eu porventura tivesse de que ela seria responsável de algum modo pela morte de meu pai.

Achei que era isso que eu iria fazer em Miracema hoje: escutar minha mãe se desdizer, mentir. Fiquei esperando que em algum momento ela me chamasse para o lado: ah, lembra aquilo que eu contei? bobagem.

Mas não chamou.

Fiquei eu com vontade de perguntar mais sobre os telefonemas. Se fosse possível ela entender que eu apenas gostaria de saber, por nada, curiosidade. Que nome daria, porque ela, tanto quanto eu, temos muitos nomes. Maria Aparecida Soares Martezzi, Mariá Menina, seu apelido de infância. Teodora de Chermont, duquesa da Rede Globo. Fulana, beltrana. E a história.

Está em Miracema para dar um período de aulas na faculdade e tem uns trinta e poucos anos. Está em Miracema com um marido que a obriga a acompanhá-lo aonde quer que vá, muito ciumento, e que faz compra de gado. Está em Miracema de passagem, em casa alugada, para se recuperar de um problema de saúde. Está em Miracema para esquecer.

Esquecer o quê, princesa?

O senhor não quer saber de minha vida, tive uma grande desilusão.

Não me chame de senhor.

A MULHER QUE ESTÁ EM MIRACEMA PORQUE MARCOU UM ENCONTRO COM O PRÓPRIO PAI FINGINDO SER OUTRA PESSOA

Quando Haroldo sai para cuidar do carro, ficamos eu e minha irmã a sós alguns instantes na sala, porque minha mãe entra para fazer o café. Nesses primeiros momentos, eu ainda não sei que este será um café de silêncio e então eu falo. Resolvo desafiar a vida. Chego mais perto da minha irmã e falo dos telefonemas, se ela sabia. Ela faz um hã, fico na dúvida.

Ela pede: mas continua, Tesinha, conta.

É raro nela, esse jeito que faz lembrar o da minha mãe, com quem nunca se sabe se o que está sendo falado é mentira ou verdade. Uma vez minha mãe me ligou, está tudo bem? Levo um susto. Por quê? o que aconteceu? Nada, ué. Só quero saber se está tudo bem. Mas o tom em que ela faz a pergunta é tão falso que eu pensei que ela estivesse sabendo de alguma coisa, uma tragédia no metrô, um desabamento no meu bairro.

Mas continua, Tesinha.

E eu perco completamente a vontade de continuar.

E Clotilde então diz: ouviram o portãozinho bater naquela noite, mas só pode ter sido o vento, estava ventando.

Minha mãe chega com o café. Ela entra energicamente, dispõe sua magreza com acinte. Não sei o que seja um mandacaru, mas acho que deve ser parecido com minha mãe. A bandeja nas duas mãos, os músculos um pouco saltados embaixo da pele enrugada do braço, o rosto sempre duro, de quem sobrevive não importa a quê, mas ela tem nesse momento um ar triunfante. Fico olhando o vácuo para vê-la melhor. Começo a perceber.

É nesse momento que eu começo a perceber, sempre tão lerda, eu.

Ela serve o café, para ela e para mim e minha irmã, o barulho das colherzinhas. Estou um pouco tonta mas me digo que é o campari, é o campari.

Se alguém iria querer um docinho, bananada, paçoca.

Se Clotilde já ligou para a Isaura. Não esquece de ligar depois, Clotilde, se der a secretária, diz para ligar para cá ainda hoje.

Clotilde pede para minha mãe colocar o açúcar.

Quanto?

Só duas, não é, mâmi, parece que não sabe que são sempre duas.

E olha para mim dizendo com a sobrancelha que mâmi está mesmo muito nervosa, nem sequer lembra de quanto ela toma de açúcar e esse olhar é uma mentira. Clotilde, eu e minha mãe sabemos que a pergunta quer dizer: mas você, gorda desse jeito, vai tomar café com açúcar quando o adoçante está na bandeja.

Se a minha sobrinha já devolveu o troco do cinema de ontem (isso é dito em voz mais baixa, para que minha sobrinha, que está se arrumando no quarto, não escute).

Não, sabe como ela é. Só cobrando muito. Mas se ela vai sair, é melhor acertar depois.

E Clotilde abre a bolsa para ver se tem dinheiro para dar para minha sobrinha. Remexe e fala, rindo, olhando para mim, que na bolsa dela só tem papel velho, e pega um.

Um extrato, deixa eu ver, do mês passado!

E amassa o papel mas depois fica segurando, sem saber onde colocar o papel amassado.

Escutamos uma gargalhada através da porta fechada do quarto. Minha sobrinha continua no telefone. Depois não escutamos mais nada, deve ter desligado.

Ficamos em silêncio. É o começo da tarde de sábado. Não há nenhum ruído nas ruas de Miracema.

Haroldo, quero contar uma história que eu soube uma vez. Uma amiga, você não chegou a conhecer, não a vejo há tempos, foi tomar um café com a esposa do homem de quem tinha sido amante. Eles foram amantes por um período curto de tempo, um relacionamento que eles não se preocuparam em esconder e o homem era um professor conhecido, cujo rosto era notado nos lugares aonde iam, então todos ficaram sabendo do assunto e ela não era, nem de longe, a primeira amante que esse homem tinha. A esposa nunca era vista nos bares, nos teatros, com ele. Diziam que era uma pobre coitada, completamente dependente, não só econômica mas emocionalmente. Tínhamos pena dessa mulher que não conhecíamos e a imaginávamos feia, maltratada. Mas ao lado da pena também achávamos: azar o dela, não tinha sabido se manter à altura do marido, não tinha crescido, não era digna dele. E um dia, tempos depois de o caso entre esse homem e minha amiga acabar, ele sofre um acidente e fica paralítico. Os amigos comuns vêm dizer à minha amiga que ele só pede pela presença dela no hospital, que pergunta por ela incessantemente, que ela tem de visitá-lo, mas ela não vai. Como ir ao hospital? cumprimentar a esposa? ela não iria. Ele recebe alta, vai para casa, cadeira de rodas, e os amigos insistindo: ele só pensa nela, descobriu ser ela o amor da vida dele, ela tem de ir vê-lo. Mas a esposa sabe da existência dela? sabe do caso que eles tiveram? Minha amiga diz que não vai. Mas vai. Um dia telefona, a esposa atende, ela não se identifica mas, para seu espanto, sua identificação não é pedida, o telefone passa para o ex-amante, ela diz que quer vê-lo. Marca. Vai. E senta em uma salinha minúscula, o apartamento deles era constrangedoramente pobre, ela senta na salinha, que parecia ainda menor por causa da cadeira de rodas, que não cabe em lugar nenhum, e a esposa serve um café que os três tomam em silêncio. Minha amiga acha a esposa com a cara quase alegre e a escuta dizer: nestas horas é preciso ser muito forte. Depois a esposa diz: põe o guardanapo no pescoço, fulano, para não sujar a roupa. E: deixa que eu pego o açúcar para você, fulano.

Depois de algumas frases dessas, os três tomaram café em absoluto silêncio. A esposa sabia. E se vingava.

Meu pai pintou por pouco tempo. O livro *Os grandes pintores do mundo* começa com *As meninas* na capa e eu sempre achei que meu pai tinha se imposto fazer a reprodução de todas as pranchas, sistematicamente, em ordem, primeiro a primeira, até a última, um Kandinsky.

Meu pai fez várias coisas na vida. Durante um tempo manteve um esquema de exportar pedras preciosas conseguidas por meios não muito legais em Teófilo Otôni e esse foi o melhor período, do meu ponto de vista. Ele viajava muito e eu achava as pedrinhas lindas. Depois ele comprou uma lavadora de carros, foi representante comercial de vários produtos de limpeza e perfumaria, incluindo um tipo de brilhantina para manter os cabelos masculinos alisados. Os potes de amostra dessa brilhantina, em um tom rosado, dezenas de potes, ficaram por muito tempo na parte de cima do armário, mesmo depois que não se usavam mais cabelos emplastrados, mesmo depois que meu pai ficou careca.

Depois houve uma época em que dizia a todos que estava desenhando jóias e eu o imaginei por trás de um vidro à prova de arrombamento, portas de aço, mas seu escritório era — descobri um dia — um pedaço de feltro em uma mesa velha, em cima de uma escada muito estreita e suja, em uma rua também estreita e suja do centro da cidade e sem placa na porta, ele desmontava mais do que desenhava.

Em cada um desses períodos, os amigos mudavam. Um desses grupos, uma gente que minha mãe detestava por causa da cerveja, do barulho, foi o responsável pela curta fase artística de meu pai. Os amigos desse grupo tinham todos eles composto sambas inéditos geniais, sido íntimos de pessoas muito famosas antes que ficassem famosas e testemunhado casos, muitos casos. Falavam às vezes com lágrimas nos olhos de quem já tinha morrido, lembra do sicraninho. Agregado a esse grupo havia um francês que achava tudo sempre fantástico.

Os grandes pintores do mundo foi presente dele. Esse francês, Jean-Michel, foi chefe de meu pai em um de seus muitos empregos e era uma pessoa de extrema gentileza, um contraste com a grosseria de meu pai. Precisei ir à França, com um grupo, para descobrir que nem todos os franceses eram assim. Porque antes de trabalhar na agência, passei um tempo na Air France e uma vez veio ao Brasil o PDG, président directeur général, que todo mundo chamava de pê-dê-gê em uma alusão à óbvia — e na época escandalosa — preferência sexual dele. Gay em francês era chamado, na gíria, de pédé, pê-dê, diminutivo de pederasta. Esse PDG veio ao Brasil e passava de manhã bem cedo, cinco minutos antes de as portas se abrirem para o expediente, pelo escritório da companhia, a mão estendida, de aperto e textura muito suaves, o bronzeado impecável, provavelmente feito em aparelhos de salão de beleza.

E ele cumprimentava os funcionários um por um.

E fez isso todos os dias, três, em que esteve aqui, desde o mensageiro até o gerente de vendas, com a mesma cara ausente e sorriso fixo extremamente gentil, igual a Jean-Michel.

Pois Jean-Michel, quando passava pelo Rio, em suas visitas periódicas à praça comercial, também ia visitar meu pai. Ele sentava então no sofá da sala, cruzava as pernas muito finas, e a cruzada de pernas deixava à mostra uns pés brancos de dedos longuíssimos, em suas sandálias de couro cru. Ele estava sempre com um conjunto de calça e jaqueta de brim cáqui, acho que era o que ele considerava um bom uniforme para os trópicos. Sentava-se, tirava o cachimbo do bolso e falava, sempre olhando o ar, sobre coisas da Europa. Era uma viagem itinerante, a dele. Ele ia pelas cidades onde a empresa tinha representações, mas meu pai era enfático em afirmar que no caso dele, ele-meu pai, era uma visita especial, porque, afinal, ele e Jean-Michel — o chamava pelo primeiro nome, embora fosse seu chefe — tinham coisas em comum. Meu pai já havia nascido no Brasil, o imigrante foi meu avô, mas

85

Jean-Michel falava de suas viagens, do que tinha visto, do clima daquele ano, como se falasse a um outro europeu, o que quase matava minha mãe e meu pai de satisfação.

Muito tempo depois essa firma foi vendida e toda a diretoria passou para as mãos de americanos. Antes de Jean-Michel desaparecer para sempre, de volta para seu palácio na beira do Sena — segundo meus pais, era onde ele morava —, ele voltou mais uma vez. Nesse dia, eu, já uma mulher separada, estava em Miracema não me lembro a razão. E porque eu já era uma mulher separada, então Jean-Michel falou o que falou na minha presença, sempre olhando o ar como era de seu costume. Falou sobre uma sua estada em Nova Orleans. E ele falava de uma boate onde a bailarina era a neta de Billy Streamer, um famoso jazzista já falecido. Essa moça, Wanda, fazia um show de strip-tease em um palco minúsculo e escuro, onde só havia um fino facho de luz e uma cadeira. Ela acabava o espetáculo com as pernas muito abertas, e com um ruído. E Jean-Michel, homem de poucos gestos, parava, as mãos no ar, procurando um gesto ou pelo menos um adjetivo para terminar a frase, animalesque. Não com a garganta, o ruído — acrescentava ele, os olhos esgazeados. Parece que eu estou vendo Jean-Michel na poltrona, as pernas finas balançando nervosas, verdaderramente animalesque.

E esse ruído da Wanda em tudo e por tudo fazia lembrar o sax inesquecível e sagrado do avô.

As pessoas, que — segundo ele — vinham de longe para assistir ao show, explodiam então em gritos e aplausos. O rasgo vermelho-púrpura do sexo negro da Super-Wandá, o nome artístico da moça, brilhava como se de mercúrio vivo fosse e Jean-Michel, indefeso, passava a considerações metafísicas que tinham por premissa nuclear o rasgo vermelho brilhante da negra Super-Wandá que rugia como um sax.

O mundo cartesiano de Jean-Michel desmoronou, uma vez por noite, todas as noites que passou em Nova Orleans. E por isso, para tentar uma reconstrução, ele então penosa e cuidadosamente invocava a metafísica no sofá de plástico do meu pai. Era sua última viagem pelo continente antes de se aposentar de vez. Para que a metafísica funcionasse e o deixasse ir em paz para seu castelo rural e para sua mulher dura e branca, ele contava com uma audiência pouco exigente mas muito atenta: meu pai. Ateu, mussolinista e anticlerical desde sempre mas que compensava, na cena do sofá da sala, a total ausência de metafísica em seu pensamento com um profundo conhecimento de rasgos vermelhos brilhantes.

Eu só pude me manter na sala naquele dia e escutar a história porque era mulher separada, quase, portanto, uma mulher da vida.

Essa última viagem de Jean-Michel, essa visita em que ele conta sobre a Super-Wandá, se dá muitos anos depois da época em que ele freqüentava a casa de meus pais com assiduidade. Entre um tempo e outro, ele mudou de rota e passou a atender a praça da América Central e do norte da América do Sul, desaparecendo da vida de meus pais por muitos anos. Ele, acho, só voltou mesmo para se despedir, o que corrobora a tese de que tinha de fato meu pai em alta estima. Antes desse desaparecimento, na época em que ele ia com freqüência a minha casa, ele levou uma vez uma maletinha de madeira, onde deveriam estar as fichas de um jogo de pôquer. Mas ao abrirem a maletinha, o que havia dentro eram os pincéis e as tintas que madame Jean-Michel usava para pintar as paisagens tão típicas dos trópicos, o que ela fazia nas varandas dos hotéis onde se hospedava, chapéu de sol de abas largas, enquanto o marido ia cumprir sua via-crúcis de visitas a representantes e clientes. Jogaram com feijão naquela noite, uma indignidade. Logo depois Jean-Michel mudava sua rota, a maletinha ficou. Essa história foi contada algumas vezes, algo engraçado, os homens em volta da mesa, o baralho novo no pano verde, a maletinha aberta e, em vez de fichas, as tintas.

O resto eu adivinho, deve ter sido logo depois disso que meu pai pintou o quadro — as tintas de madame Jean-Michel. Alguma doença que o mantinha, impaciente, em casa? ou vontade de ser tão artista quanto os outros, os que tocavam sambas inéditos nas caixinhas de fósforo, o que desenhava a giz retratos de fregueses de bares? Ou uma tentativa de retomar um fio perdido há muito tempo porque se meu avô não morresse de repente, como morreu, meu pai teria estudado arquitetura com um arquiteto italiano instalado em São Paulo ou pintura naturalista de botânica. E para isso já havia até mesmo uma recomendação feita junto a um pintor-botânico austríaco recém-chegado a São Paulo, austríaco e não alemão, porque naquela época quem pudesse ser austríaco o era, ou suíço. Alemão só quando não tinha jeito.

Os grandes pintores do mundo já quase some na penumbra da sala e na minha vontade de sair dali. O café está tomado. Digo que acho que não estou bem e me dou alguns minutos, no banheiro.

O banheiro tem sujeira nas juntas dos azulejos e várias prateleirinhas com xampus e frascos não identificáveis, apliques de borboletas no espelho, um vasinho de florinhas artificiais perto da janela, a tampa da privada tem uma cobertura de pano felpudo. Eu nunca falei do assunto do quadro, aliás eu nunca falei de meu pai com minha irmã ou com minha mãe.

Gostaria de ter conseguido fazer uma pergunta durante o café, na sala:

Gente, me digam, não faz mais diferença, então me digam: até que ponto eu obedeci?

Talvez eu um dia ainda faça isso. Eu ligue e pergunte: me diga, mâmi: o quanto foi que eu obedeci.

Olivares contou tudo em *Nicandro*, mas o tudo deve ser bem pouco. Afinal, o corpo humano tem uma quantidade limitada de instrumentos, fica a pergunta se o livro era grosso, se havia algo sobre Velásquez. Algo que desmentisse uma vida inteira de horários e obediências. Foi Olivares quem fez Velásquez vir de Sevilha para a corte e quem convenceu Filipe IV, um rapazinho de dezesseis anos, um Beto, de que Velásquez, outro rapazinho, este de vinte e três anos, era um bom pintor. Em retribuição, uma das primeiras coisas que Velásquez fez na corte foi o retrato de Olivares, hoje no MASP de São Paulo. Olivares mandava não só no rei da Espanha.

Entrava de manhã — às seis em ponto? — no quarto real para decidir o que o rei ia vestir naquele dia.

Ele mandava no rei da Espanha, na Espanha, em Portugal e por conseqüência no Brasil. O retrato de Olivares é de 1625 e foi feito depois do envio, determinado por ele, de uma esquadra para expulsar os holandeses da Bahia. É motivo suficiente. Vou passar a incluir um adendo no pacote. Na volta da excursão, todo mundo vai receber, como dever de casa, a tarefa de ir ao MASP dizer urra, urra, urra, Olivares é uma figura! A recomendação de ir a um museu deve diminuir um pouco o impacto das caras sorridentes de tanto trepar que os pais recebem na volta, uma seriedade. E depois, a cafeteria do museu está ótima, eles iriam.

Quase durmo no banheiro.

Aqui também cheio de caixas e pacotes pelos cantos.

Dormiria lendo *Nicandro*.

Tanto faz meu pai. Tanto faz essa pessoa, seu quadro, e sua mania de arrumar a tesourinha de unha com as alças para os dedos à direita, porque ele não era canhoto, e isso aos berros. A tesourinha está com as alças à direita, mas pode ser coincidência. Quando crescemos, eu e minha irmã, as coisas pioraram. Namorado era um problema, se tínhamos de chegar às 9h30 e chegássemos às 9h40 haveria um escândalo, com latas de azeite arremessadas durante o jantar, murros na mesa, cadeira que ele quebrava no chão e depois ia para o quarto, batendo a porta, minha mãe torcendo as mãos, nos culpando de tudo: iríamos matá-lo do coração se continuássemos assim.

E o que diriam os vizinhos.

Não consegui matá-lo do coração naquela ocasião, fiquei devendo por tanto tempo.

Saio do banheiro, não tenho outro lugar para ir e então volto para a sala. Também não tenho nada para fazer e então me sirvo de outro café e fico em pé, indecisa se devo afundar mais uma vez no sofá sem fundo do silêncio absoluto. Fico em pé vacilante, quero ir embora, as coisas não são importantes, quero ir embora, acabou. Mas tocam a campainha.

Haroldo, quando você tocou a campainha hoje no final do café, você tocou a campainha como quem chega de muito longe.

E é isso que eu tenho para contar, eu subi para Miracema na sexta passada obedecendo sem saber.

Quando Haroldo entra naquela hora na sala eu já poderia ter entendido, pela expressão dele, que o papelzinho estava lá, os números iguais. Ele entra com a mesma cara que provavelmente tem agora e que eu veria, caso me virasse para ele. Ele entra na sala e pede desculpas por ter demorado, mas que depois de desamassar a roda e colocar a gasolina da volta, ele ainda ficou por algum tempo procurando a chave do carro que havia caído sem que ele percebesse. E que foi por isso que ele se atrasou.

Haroldo entra naquela hora, o café já acabado, eu de pé e ele é corda dada em carrossel de caixa de música: minha mãe fala imediatamente que vai trazer um bule fresquinho para ele e vai para a cozinha apesar dos protestos dele de que eu tenho um compromisso ainda hoje com um japonês, não haveria tempo. Minha irmã abre um sorriso árduo, muito tempo com a boca parada, para ela isso é difícil, e começa a contar algo com sua voz arrastada. E minha sobrinha, que estava esse tempo todo se arrumando, aparece na sala com uma minissaia que é um cinto largo, uma blusa decotada, pintada, vai sair, avisa, os beijinhos, três senão eu não caso, o cheiro de perfume que passa da pele dela para a minha e que vai me enjoar durante toda a viagem de volta, as frases de praxe sobre a próxima vez, já no apartamento novo. De três quartos, no centro. Se meu pai não tivesse morrido seria um quarto para minha irmã e minha sobrinha, outro para minha mãe e outro para meu pai. O resto da casa em comum, as refeições à mesa.

E minha mãe seria a protagonista de:

A MULHER QUE IRIA TER QUE DIZER ME PASSA A BATATA, POR FAVOR, COMO SE NADA HOUVESSE ACONTECIDO DURANTE TODOS AQUELES ANOS

7

Sexta-feira passada foi um dia comum e, para falar a verdade, nem fiquei pensando muito sobre o que eu havia decidido, sobre o que estava decidido. Levanto às seis, café, cama, gata e planta. E depois, a roupa do trabalho. Tenho um método. Pego as de baixo no cabide e quando lavo vou colocando por cima. Assim não tenho que lembrar se faz tempo ou não que usei determinada blusa. Rodízio, uma churrascaria. É sexta-feira e, sim, havia uma apresentação mas combinei com uma colega para me substituir, um grupo de um dos maiores colégios particulares do Rio, Roteiro Miami-Ecologia com, claro, uma passadinha na Disney. Mas não é importante, essa apresentação, já há a certeza de que o grupo vai. O colégio, melhor dizendo, os professores com poder de decisão vão ter uma boa recompensa pela ida do grupo. Eu não tenho com que me preocupar, mesmo se a apresentação for fraquinha o grupo vai. E ainda há a vantagem de a colega ficar me devendo um favor: puxa, obrigada pela oportunidade, Teresinha, grupo importante!

Claro, bêibi, abaixa as calcinhas.

Ri, nervosa, com a piadinha velha.

Ela uma vez disse que me achava agressiva, eu respondi: infância difícil, sabe, minha mãe bebia, batia no meu pai... Ela custou a rir. Agora ri mais rápido.

Trabalho há muito tempo na empresa, não sei que imagem eu passava quando cheguei, mas depois que correu o boato de que eu tinha tido um caso com um dos office-boys, o Creilton, e que por causa disso ele tinha largado o supletivo, as pessoas passaram a se sentir um pouco inseguras com minha presença, não é mau. É a diferença entre mim e Clotilde, eu tenho os homens por raiva e ela porque não consegue estender a mão nem para pegar alguma coisa que está logo ali, me passa aquilo por favor. E fica, o braço gordo dobrado como uma asa de galinha assada, esperando. Ela tem os homens que aparecem, para ela eles aparecem. Eu, só os que eu caço, os que, distraídos, acham que podem fazer o de sempre: um avanço, uma conferida, não porque pretendam de fato uma aproximação, mas apenas porque querem deixar claro quem caça e quem é caçada. Pois é com estes que eu mais gosto. Tomo a dianteira, inverto, com os que não broxam mortos de medo, eu vou em frente, um pôquer, blefou, levou, porque eu pago para ver.

Tenho uma estatística, noventa e nove por cento é blefe.

Saio do escritório, sexta-feira passada, e estranho a claridade. Ainda é cedo, o movimento de volta para casa mal começou. Apanho o metrô com lugar para sentar e eu não penso em nada nessa viagem de metrô, só trivialidades. Por exemplo, que foi bom eu ter feito xixi antes de sair do escritório porque assim eu não vou precisar subir em casa, que foi exatamente o que eu planejei: chegar em casa, apanhar direto o carro na garagem, ir embora sempre em frente. Única falha, esqueci de pôr gasolina com antecedência, porei então gasolina no posto da esquina, já iniciando a ida para Miracema. Primeiro o engarrafamento da saída da cidade e eu vou seguindo, em ritmo lento e, nessa hora, tanto faz para onde eu estou indo.

Nessa hora eu ainda poderia parar, virar, ir para outro lugar, tanto faz e a história seria diferente, mas entro na Dutra. Aterro limpo — aceita-se. Atenção — saída de caminhões. Pedestre — utilize a passarela.

É só aí que eu de fato estou cumprindo o estabelecido, antes eu apenas um componente normal de um congestionamento normal de uma cidade grande na saída do trabalho em sextas-feiras, o pior dia, as pessoas ficam ainda mais histéricas por causa da perspectiva de fim de semana. Entro na Dutra, Ponte sobre o rio Saracuí, me ajeito no assento e então sinto o frio que costumo sentir, quase uma dor, na junção do braço com o antebraço. Nada a ver com o tiro. Tenho isso desde pequena, quando fico nervosa, começo ficando nervosa na junção do braço com o antebraço, depois nos pêlos e cabelos — que coçam — e só depois aparecem os sintomas mais comuns, os que todos sentem, frio no peito, falta de ar, enjôo etc.

Cumpro o planejado.

Mas esse começo de Dutra é tudo o que foi planejado.

Pego a Dutra depois do trabalho e depois de umas duas horas, hora e meia se eu pisar fundo, chego em Miracema.

E esse é todo o plano. Depois eu não sei. Vou dizer oi.

Mas o que você está fazendo aqui, Teresa?

Ah, tive que acompanhar uma pessoa até Volta Redonda e resolvi dar uma volta até aqui.

Mas você não sabe que o pessoal foi na festa do Jorge?

Sei, mas não se preocupe, é só uma paradinha.

Ou então: mas o que você está fazendo aqui, Teresa?
Vim saber do quadro.

Quando minha mãe me fala pela primeira vez que às
vezes puxa papo com pessoas cuja ligação cai por engano no número dela eu não presto muita atenção.
Mas um dia eu ligo para Miracema para falar com minha mãe e ela não está lá. Eu tenho, tomado nota na minha
caderneta, o telefone do quarto do meu pai. É um número
que eu não costumo ligar. Mas liguei. Ele atendeu.
E não reconheceu minha voz no primeiro momento.
E foi então, nesse espaço tão curto de tempo, que eu
comecei tudo. Em vez de dizer: Teresa, sim, está tudo
bem, estou bem de saúde, o Rio está ótimo, está tudo bem
no trabalho, pede para ela me ligar, até logo, o que eu
disse foi: oi, de onde falam?
E já me rindo em silêncio no bocal, imitei voz de
secretária burra, esmalte nas unhas, desodorante, sandá-
lia de salto, eu nunca trabalhei em rádio mas também tenho talentos.
Depois liguei outra vez. Puxa, incomodando o senhor, não sei por que fica caindo aí, qual é mesmo o número daí?
E depois outra vez: imagine o senhor que naquele dia
levei mais de uma hora antes de conseguir falar com minha colega.
Depois a brincadeira foi ficando sem graça, perdi a
paciência, fiquei um tempo sem ligar. E quando soube
que minha mãe, minha irmã e minha sobrinha iriam —
preparativos com antecedência absurda — sair no fim de
semana, eu, em uma tarde da semana passada, tornei a
ligar, mais para me distrair dos vários médios que com-
põem a minha vida: na minha frente em cima da mesa, a

pasta fechada de Roteiros a Desenvolver. Não sei o que tem dentro mas imagino, algum Sua Vida Pregressa no Cairo. Ouvi comentários sobre a tradução de uma pesquisa internacional enviada pela matriz mostrando que oitenta e cinco por cento das pessoas que acreditam em vidas passadas acham que foram egípcias.

Não abri a pasta, peguei o telefone e disquei.

O senhor ainda lembra de mim? ah, desculpe, você. É que eu fico sem graça, você vai estar aí na sexta à noitinha? é que o senhor, você, hi, hi, foi sempre tão gentil, vou levar umas toalhinhas que eu faço quem sabe você quer comprar para dar de lembrança a alguém?

E aí — planejei — eu chego e digo oi.

E fico olhando a cara de pânico dele: mas o que você está fazendo aqui, Teresa?

Quando eu cheguei, atravessei o portãozinho, que bateu às minhas costas, e rumei direto para o quarto dele, único lugar onde havia luz, mas hesitei por alguns instantes apenas no pátio do vermelhão dividido. Parei e fiquei vendo a luz que saía da janela dele, os sons que saíam pela janela dele, e fiquei um pouco lá, parada, tentando adivinhar quem ele era, tentando adivinhar se eu tinha adivinhado certo.

No fim, um homem de poucos recursos, só isso.

Aliás, de um recurso só, a raiva. E, o que muito me surpreendeu nos últimos anos: baixo. As imagens que guardei dele, antigas, são todas vistas de baixo para cima e ele era alto. E agora ele é muito baixo, franzino mesmo, só a cara, redonda, as veias que saltam no pescoço por causa do governo, dos vizinhos, de qualquer coisa, a raiva, isso continua, transplantável, podendo grudar a qualquer momento no corpo antigo. E os passarinhos. A risadinha psiquiu, psiquiu, o passarinho se infla no antegozo da coçadinha no pescoço. Pescoço tão frágil, acho que esse é o gozo, o pescoço tão frágil. A qualquer momento e muito facilmente torcido, então gozam, o passarinho pelo perigo absoluto, meu pai pelo poder absoluto.

Fico lá antes de entrar, os passarinhos dormem. Faz bem tempo que eu não ia a Miracema. Estabelecemos o seguinte: minha mãe, minha irmã e minha sobrinha me visitam, de tempos em tempos, e eu pergunto de meu pai que vai bem, vai mais ou menos, a taxa de hemácias, o diâmetro diastólico, o mediastino sem alterações. Minha irmã é dentista mas queria ser médica.

A última vez que eu dormi em Miracema eu já não gostava de dormir tão próximo a meu pai e isso faz muito tempo. Foi a noite da pedrinha. Durante a noite eu escuto um barulho que não sei reconhecer mas que parece o de alguém raspando alguma coisa pelo lado de fora no batente da janela — que fica com seus postigos, de veneziana de madeira e vidro, fechados. De manhã, eu comento o assunto, mas ninguém dá importância. O caso me intriga e eu dou a volta na casa. Vejo, no batente do lado de fora da minha janela, uma pedrinha. Raspo no batente e reconheço sem nenhuma dúvida o barulho escutado na noite anterior. Alguém esteve na minha janela, pelo lado de fora, e raspou a pedrinha por muito tempo, de lá para cá e volta, no batente, meu pai já morando no quarto separado.

Não lembro do ano em que ele foi para o quarto da garagem. O quarto é completo, com uma pequena saleta, banheiro completo — uma exigência sua — e, feito por meu pai, o puxado onde colocou um botijão de gás e um fogareiro e mais uns badulaques de cozinha. Antes de se mudar definitivamente para lá, quando ele e minha mãe brigavam, ele já dormia por lá. Durante essas brigas minha mãe passava a comida dele em marmita coberta com pano de prato, uma vez por dia, e de noite a marmita, suja, era devolvida. Isso por um tempo, até que as marmitas não foram mais tocadas, ficavam lá no chão do terraço de vermelhão ao som da frase, detesto pedir favor. E minha mãe, despeitada, parou então de fazer comida para ele. Sinal de que não precisa, não faço a menor questão. Já sabendo, que em Miracema se sabe sempre de tudo, do acordo com o bar da esquina, novas marmitas vinham de lá e eram esquentadas no fogareiro a gás do puxadinho. As brigas passavam e ele voltava, mais irritado do que nunca, era um enorme favor condescender em voltar. Um assunto não falado dentro de casa. Minha mãe em silêncio quando perguntávamos e, quando perguntada por vizinhos e conhecidos, a resposta era sempre a mesma, meu pai no quartinho dos fundos entretido com passarinhos. Por tal motivo ele não iria aparecer para cumprimentar e por isso ela, já sabendo disso, nem tinha posto mais uma xícara na bandeja do café.

Até que entrei.
Ele estava na sala, enrolado em uma toalha, mexendo no vídeo, o barulho da água enchendo na banheira. Dei uma batidinha na porta encostada, oi.
Teresa? Mas o que você está fazendo aqui? O pessoal foi na festa do Jorge.
Eu sei.

E entro.
E acho que mesmo naquela hora a história ainda poderia ter sido outra, dar em nada.

A MULHER QUE VIAJOU ATÉ MIRACEMA PARA NADA

E se a história tivesse dado em nada seria bem fácil.

Haroldo, ele me pega pelo ombro para me dar um beijo mas eu me desvencilho, recupero a distância e decido ir embora. Torno a entrar no carro e volto. Só isso.

Haroldo, ele me pega pelo ombro para me dar um beijo mas eu me solto. Ele é baixo, tem os lábios muito finos, os olhos de um azul frio, parece que estou olhando para ele pela primeira vez. Ele parece surpreso de me ver, mas não desagradado.

Senta, senta, vou vestir um short, ia tomar banho, quer um café? está tudo bem?

Acho que na verdade nunca vi aquela saleta, pelo menos não do jeito que está nesse dia. Uma saleta pobre, o armário com a bebida, o vídeo e a televisão, uma poltrona de plástico rasgado e costurado, o chão limpo, coisas penduradas pelas paredes e que me parecem vagamente familiares. Fico surpreendida de perceber, de repente, que há coisas, dentro da casa, das casas onde moramos, coisas de que ele gostava e que quis manter. Ele volta com o café, vê se está do jeito que você gosta.

Está, digo.

Tomo o café, só eu, ele não quer. Fica perguntando coisas genéricas, não sabe nada da minha vida. E então, quando é a próxima viagem? Essa é infalível, o fato de eu viajar tem uma enorme importância na família, um status.

Eu fico por lá mais um pouco depois do café. Invento sem precisar, ele não voltou a perguntar, mas eu estou contando uma história muito comprida sobre o que eu faço na região àquela hora. Só no fim percebo que café acabado ele não oferece mais nada, fica ali sentado enrolado na toalha, porque afinal ele não colocou o short, e esse é o único indício de que ele pode estar com pressa de que eu me retire. Não sei o que estou fazendo ali. Me lembro de uma vez em que entrei em casa e dessa vez nossa casa era um apartamento pequeno, em um desses edifícios grudados uns nos outros, de Copacabana, e ele estava olhando de binóculo para o edifício em frente e eu cheguei perto e disse: o que você está olhando? eu também quero ver.

E ele me deu um empurrão que eu voei longe, antes de ele sair praguejando para o quarto dele, guardar o binóculo.

Mas faz tanto tempo e o velho na minha frente não teria força para nada, se tentasse me dar um empurrão com certeza cairia no chão. Eu me levanto.

Já vai?!

Todo mundo mente, respondo:

Já.

Foi mesmo só uma passadinha porque eu estava por perto, senão fica tarde.

E com um sorrisinho angelical entro no papel de mulher-viajando-à-noite-que-perigo.

Ah, nossa, claro, puxa, vai logo antes que fique mais tarde ainda, cuidado, ande devagar, cuidado com os faróis em sentido contrário, você viu os freios antes de vir? está com gasolina suficiente? qualquer coisa telefona, hein?

E eu fico pensando se eu telefonar no meio de uma estrada à noite o que será que ele vai fazer para me ajudar, sentado na sua cama, todo vestido, esperando uma secretária burra que ficou de aparecer e que não vai aparecer.

E eu estava pensando nisso tudo. O que poderia ter sido, durante essa viagem, e que não foi. Em todas as portas de escape que havia diante de mim por onde eu não entrei. E foi nessa hora — há pouco tempo então — que eu entendi que Haroldo tinha percebido tudo. Há coisa de meia hora atrás. Meu estômago está enjoado. Quando eu voltava, na sexta-feira passada, sozinha no carro, eu também estava com o estômago enjoado, mas na sexta-feira passada era muito mais tarde, quase de madrugada, e eu não havia jantado.

Escuto o papelzinho bater no guidom, escuto o silêncio de Haroldo e percebo claramente, é tão óbvio.

O posto na ida, o mesmo, a enchida do tanque, e o posto da volta, também o mesmo, outra enchida de tanque, a mesma quantidade de litros, o mesmo número de quilômetros rodados, e a data da coincidência: a de hoje e a de sexta-feira passada. Tudo anotado, as anotações de hoje com a letra de Haroldo, as de sexta-feira passada com minha letra, direitinho, como Haroldo sempre recomenda que eu faça, porque eu tenho disso, lagoa da conceição, eu, às vezes, obedeço.

Antenas parabólicas nas lajes das casinhas que ficam em um nível um pouco abaixo da estrada. Na Madeiras Confúcio vendem-se lajes treliçadas, anéis de poço e tobogós. Está escuro, no muro está escrito muito grande Proibido dormir embaixo do caminhão, bicicletas surgem do nada no acostamento com camisas do Flamengo em cima, a linha 508, Duque de Caxias—Saracuruna, acaba de despejar uma mulher gorda na escuridão.

Na Madri do século XVI, a única luz que ilumina as ruas vem das tochas pias colocadas nas imagens dos santos de devoção. Essas imagens dão proteção na entrada das casas mais ricas. Pelas ruas vagam e dormem milhares de vagabundos. Romeiros que vieram para a festa da véspera de São João, de São Tiago, de São Pedro e que acabaram ficando. Ladrões. Gente que vem do campo deixando o interior da Espanha quase deserto porque plantar batata, a novidade chegada da América, é coisa que traz muita desconfiança, o formato lembrando cabeças humanas, é preciso exorcizá-la antes, pode dar lepra. Nas ruas de Madri estudantes que nas férias não têm onde viver e vivem de tunas, como eram chamadas as arruaças e pilhagens. E também nobres empobrecidos que se rebelam contra as obrigações de dar dinheiro para a corte e que então formam bandos, os bandoleiros, para atacar mercadores nas entradas das cidades. E também os filhos segundos, que fogem de casa e são chamados de desgarrados, só os primogênitos herdavam. E também os estrangeiros, que vêm tentar a sorte com alguma mercadoria que há muito acabou, eles também estão nas ruas. E mouros assimilados que perderam seus bens durante o processo de expulsão sumária mas que escapam da expulsão porque põem uma cruz católica no peito e porque conseguem ser admitidos como criados de famílias nobres. Lá, nas sombras, embaixo dos panos marrons. E também o rei e sua escolta, disfarçados, andando em meio ao lixo, pulando os que dormem nas ruas e a quem mal se vê, vultos escuros no escuro, o rei e sua escolta e Velásquez estará entre eles, eles vão, tampando o nariz, passando por entre os mais de cento e cinqüenta mil habitantes de rua da Corte espanhola, em uma conta feita por Cristóbal Pérez de Herrera. O rei com Velásquez, com quem ele se dava tão bem, e mais uma escolta, envoltos nos mesmos panos marrons, disfarçados, para ver nos palcos improvisados com panos velhos, caixotes, banquinhos, mais panos velhos para servir de figurino e palhas para servir de barba, os pasos compostos por Lope de Rueda, com seus diálogos picantes e licenciosos. Ou El Vergonzoso en Palacio, de um frei Gabriel Téllez que se diz chamar Tirso de Molina para evitar problemas com a Inquisição. Ou para experimentar o tabaco, uma novidade da América que faz sucesso entre marinheiros mas ainda é malvista na corte. Todos, rei, pintor, escolta, atores e vagabundos, envoltos nos mesmos panos marrons, dormindo e descansando pelos cantos e defecando nas reentrâncias dos muros. E tanto e tantas vezes que um édito do governo manda colocar uma cruz em cada uma dessas reentrâncias para ver se o povo parava de cagar em tudo e se Madri conseguia ter um cheiro melhor, mas foi inútil. E Pedro de Valencia tem que enviar novo ofício, pedindo ao arcebispo que retirasse as cruzes cagadas. Era um desrespeito, disse ele. O cheiro de esgoto invade meu carro, já está escuro de vez. Haroldo acende os faróis, diminui a marcha e escolhe se quer Retorno, Cordovil, Penha, Região Serrana, Brasília, Linha Vermelha, Copacabana, São Paulo, Vila São Luís, Belo Horizonte ou Campos Elísios. Mais quinze minutos chegamos. Ele não faz a pergunta sobre se eu estive em Miracema sexta-feira passada.

8

Mas eu digo mesmo assim.

O porteiro abre, sem se levantar de sua mesa, a porta da minha garagem com o controle-remoto. Entrevejo, perto dele, valises de viagem, a bagagem do japonês. Haroldo estaciona na vaga, puxa o freio de mão, apaga os faróis, desliga o carro. A vaga é encostada na parede da garagem e é olhando então para essa parede escura e suja por onde às vezes sobem grandes baratas que eu conto:

"Você viu meu pai poucas vezes, talvez sua descrição não coincida com a minha. Ele é baixo, tem os lábios muito finos, os olhos de um azul frio e pareceu, naquele dia, embora surpreso de me ver, não de todo desagradado. Ele me diz: senta, senta, vou colocar um short. Ele está enrolado em uma toalha de banho, ele ia tomar um banho quando eu cheguei.

"Ele me pergunta se eu quero tomar alguma coisa, um copo de vinho, um café. Opto pelo café. Ele pergunta, tentando compreender minha presença ali, se está tudo bem.

"Eu digo que sim.

"Ele pega um café na garrafa térmica velha, que me dá nojo, eu experimento, ele pergunta se está do jeito que eu gosto porque se não estiver, ele pode colocar um pouco de água. Ele toma café muito forte e eu não, como você sabe. O café está muito forte mas eu digo que está bom. E tomo mais um gole. Só eu. Ele não quer. Continua parado, de toalha, em pé na minha frente. Ele fala da solenidade do Jorge, eu falo que eu só ia passando. Depois ele tenta perguntar coisas genéricas, você, as viagens. Fico esquentando as mãos no copo onde ainda tem um resto de café que eu hesito em virar, está cheio de borra. Não estou bem e me levanto sem saber por que me levanto, apenas porque não estava bem sentada na beira da cadeira. E então ele fala: já?! e é a primeira vez que fica claro que ele quer que eu vá embora logo. Nessa hora eu quase digo: é, já, senão fica tarde.

"Estamos parados na porta do quartinho, a porta ficou aberta, eu vejo o vermelhão do terraço como alguém vê, estando dentro do mar, a areia da praia. E aí eu, que estava olhando para fora, me viro para ele. E nada nele é muito importante para mim naquela hora. Tantas outras coisas, uma vida inteira. E é do meio dessa desimportância que eu consigo falar com um tom, então, de despreocupação, mesmo corriqueiro:

"Vem cá, eu queria saber daquele quadro, daquela pintura que você fez de mim, quando eu era pequena.

"Ele franze os olhos azuis, muito vivos, diz que não entendeu o que eu falei.

"Mas eu continuo, eu falo com uma voz quase doce, estou mesmo sorrindo eu acho, nessa hora. Descubro uma frieza absoluta — descubro ele em mim. Trata-se de um contrário de ternura que se parece muito com ternura. Mas continuo, vou dando detalhes: lembra? você vai lembrar. E vou falando, a voz macia, o sorriso no rosto, as seis da manhã, a camisola, a maletinha das tintas, a infan-

105

ta de Velásquez com os bracinhos assim, olhe. E vou falando e me aproximando dele, ficando cada vez mais perto, minhas palavras escorrendo, um perfume, um veneno, nos ouvidos dele, já não estou mais nem sorrindo, estou rindo, abaixo um pouco a cabeça — sou mais alta do que ele, um espanto — para colocar melhor as palavras dentro, bem dentro do ouvido dele, o veneno, só do ouvido dele.

"Ele nessa hora faz um gesto que é muito dele, não sei se vou conseguir descrever para você esse gesto do meu pai. Vi isso várias vezes. O gesto quer dizer o seguinte: eu estou irritadíssimo e é melhor eu me afastar porque sou capaz de perder a cabeça e te agredir com muita força. O gesto é algo não feito com os braços, uma contenção, um não-movimento, algo que se interrompe antes mesmo de começar e esse gesto é sempre seguido de um ruído, um rosnar, e uma virada de costas. E ele faz isso naquela hora. Foi um pouco ridículo porque ele está pequeno e fraco, vai ver sempre foi, eu é que não conseguia ver. Ele faz então o tal do gesto e já de costas para mim, fala entre dentes, com uma voz que tem uma inacreditável dose de raiva: vá à merda. E esse vai à merda, até mesmo para nosso relacionamento, é um passo à frente, uma escalada. Agora eu dou decididamente uma gargalhada. Vou atrás dele e digo rindo às gargalhadas: o quê? o que foi que você disse? eu não escutei.

"Agora ele está na porta do seu quarto de dormir que ele tenta fechar violento na minha cara, mas eu não deixo. Descubro que estou fortíssima, que tenho uma enorme força no braço e empurro a porta de volta, o que faz com que ele perca o equilíbrio e caia sentado na cama, perto da roupa que está ali, em ordem, a calça, a camisa. Ele está furioso. Eu digo, levantando, falsa, as sobrancelhas: ah, você ia sair... e ia sair com alguém. Eu rio às gargalhadas. Ele põe o lenço em cima do preservativo, tão ridículo. Ele está sentado, as veias do pescoço pulando, emite um ruído de animal bufando, as mãos fechadas, o que faz com que as veias do braço também pulem. Mas ele aos poucos vai controlando a respiração, as narinas infladas, ele vai controlando a respiração, fico muito assustada, uma força nele que eu não esperava, esta, a do controle por meio da respiração.

"Há um momento de equilíbrio antes que eu comece a perder.

"Ele se levanta, está perfeitamente controlado agora, as narinas ainda infladas, a respiração um pouco forte, mas eu vejo que ele está perfeitamente controlado e começa a nascer, naqueles olhos azuis, uma avaliação, e essa avaliação resulta em um desprezo. Ele me olha inteira, e faz isso sem desviar os olhos da minha cara. Ele me olha com o olhar que eu reconheço como sendo o olhar que ele tinha, na época dos retratos dele em pé, na frente do carro, os amigos por perto, a lama, o bigodinho, o cigarro nos dedos e a pergunta implícita, onde estão as xoxotas interessantes desta cidade. O olhar do pintor que vê exatamente como é o seu modelo.

"É ele quem sorri agora. Em nenhum momento ele chega a abaixar os olhos para prosseguir concretamente na avaliação que ele faz de mim, de cor, de cabeça, os olhos dele ficam na minha cara mesmo, os óculos, o coque que eu uso no trabalho.

"E aí ele diz: mas eu nunca te pintei, Maria Teresa.

"E dá mais um sorriso, este agora de desprezo absoluto. O quadro está encostado na parede, virado para a parede, junto com umas tábuas, meu pai também se preparando para a mudança. O quadro ali o tempo todo, eu não havia notado. Ele pega, me mostra: é disso que você estava falando? O quadro é chocantemente malfeito, as cores sem transição, as medidas sem proporção, mas dá perfeitamente para reconhecer na figura pintada no centro do quadro o rosa-papel-de-bala da pele da minha irmã, seus cabelos avermelhados presos nas duas mariaschiquinhas que ela usava em criança, os volumes gordos que sempre foram os seus trazendo curvas do futuro, os seios cujo nome de seios só viria anos mais tarde.

"Pensei muito, esta semana toda, sobre isso. Não sei o que te diga. Acho que eu devo ter visto minha irmã posando nua para meu pai e a vontade de que fosse eu — inveja, ciúme — fez com que eu transferisse o que era uma visão para o que poderia ter sido uma sensação. Pode ter sido também uma tentativa de proteger minha irmã, porque embora a diferença de idade entre nós seja pequena, eu sempre me senti muito irmã mais velha. Algo no sentido: é melhor que seja eu porque eu saberei lidar com isso e ela não.

"O quadro pintado por meu pai não tinha nada a ver com Velásquez e isso é outro ponto que eu também não sei explicar de todo, só supor. Acho que o livro devia estar por ali, as épocas coincidem. Mas é possível que só depois, quando comecei a pesquisar o quadro por motivos profissionais, eu tenha terminado de colar a lembrança-invenção da infância com a imagem de *As meninas*. Talvez não tenha sido só a presença do livro com sua capa tão atraente.

"Talvez eu tenha tentado me dizer, ao colar o episódio do meu pai nas *Meninas*, que não era eu.

"Porque nesse quadro estão o rei, a rainha e a infanta Margarita e a única pessoa da família real que está ausente é a princesa mais velha, de quem Velásquez não gostava, e essa princesa se chamava princesa Maria Teresa.

"Pode ter sido uma maneira que eu encontrei de avisar para mim mesma que não era eu, que eu era a ausente, a que não fazia parte.

"Quando saí do quarto do meu pai eu não estava bem, você sabe como é fácil para mim não passar bem. Achei que se continuasse andando me arriscava a cair, me esborrachar no chão. Parei então e fiquei parada um tempo de pé no terraço, ventava, a lâmpada do meu pai balançando no fio atrás de mim fazia o chão, a claridade do chão, também balançar. Mas eu precisava sentar. Não estava adiantando nada eu ficar em pé parada. Pelo contrário. Então continuei, fui com cuidado, a cabeça inclinada para a frente, meio abaixada, até o carro, era o único lugar que eu tinha para sentar. Sentei, fiquei um tempo de olhos fechados, o suor frio. Quando melhorei, liguei o motor, engatei a primeira, fui. Cheguei. Segunda-feira o telefonema."

Estou cansada no banco do meu carro, dentro da garagem. Mas só cansada. O enjôo começa a melhorar. Sequer estou ressentida de ter sido obrigada a contar isso para Haroldo, tanto faz, no fim tanto faz, acabou mesmo. Vou sair do carro e quando eu olhar para ele outra vez vou olhar sem nenhum encantamento, eu sei disso. Vou só vê-lo. Uma vez escutei a frase: acabou nossa ficção. E vai ser isso, quando eu for vê-lo outra vez vou vê-lo sem nenhuma ficção. Isso se acontecer. Pode ser que seja pelo telefone mesmo, acabou, Haroldo, acabou.

Mas ele começa a falar e mais para não ser grosseira, dizer, não quero saber, estou muito cansada, desculpe mas até logo, eu fico, a mão já na lingüeta que abre a porta do carro. Ele diz que depois que pôs a gasolina no carro e percebeu os números iguais no papelzinho, ficou sem saber o que fazer, entrou no cinema que tem em frente ao posto e foi por isso que ele demorou a chegar e não por ter perdido alguma chave.

Ele diz que entrou no cinema a sessão já quase no fim e que ficou um tempo de pé no corredor, esperando os olhos se acostumarem no escuro. Então ele ouviu que chamavam o nome dele. Ele diz que havia poucas pessoas no cinema àquela hora e que as cadeiras eram de madeira como carteiras escolares, de assento que levanta e abaixa. E que quem chamava pelo nome dele é uma amiga, uma pessoa que ele não via há muito tempo. E ele pergunta: o que você está fazendo aqui? O filme era um filme ruim, acrescenta, ele nem lembra o título. E a moça é uma moça inteligente, uma desenhista, e é completamente absurdo ele a encontrar nesse cinema. Mas ela ri e também pergunta o que ele está fazendo ali. E os dois riem e ele então senta junto a ela. E Haroldo me conta que essa moça tinha sido casada com um grande amigo dele, o melhor amigo dele. E que um dia de manhã cedo ele está na casa desse amigo e ele não sabe que a moça ainda está lá porque ela costuma sair cedo para o trabalho. E ele abre a porta do quarto de dormir do casal, para pegar não lembra mais o quê, e ela está sentada, nua, na cama, os cabelos despenteados, o quarto tem uma semi-obscuridade, e a moça está sentada na cama, o lençol em volta do quadril mas os seios nus e ela está olhando para o reflexo dela na televisão desligada que fica em cima de um móvel em frente à cama. E é uma expressão de desamparo que ela não muda, ela não se espanta com a entrada repentina de Haroldo no quarto, não tenta cobrir os seios nus. E Haroldo tem um momento de indecisão entre fazer o óbvio, pedir desculpas e fechar a porta, e entrar e tomá-la nos braços, ele sabe, por comentários do amigo, o casamento não vai bem. Mas sai, pede desculpas e sai. Pouco depois, a moça aparece na sala, já vestida, penteada, o beijinho correto no marido, um olá para ele, e sai para o trabalho. Viram-se muitas vezes depois disso, até que o casamento do amigo afinal terminou e Haroldo nunca mais soube dela. Nunca tocaram no assunto, nunca fizeram referência àquele dia, nem sequer com um olhar, nada. Nunca alguém soube. E no cinema os dois sentaram juntos, muito juntos. A moça disse que tinha entrado no cinema para tentar fazer o fim de semana acabar mais rápido. Haroldo disse que ele também. Ficaram muito juntos, os dois braços muito encostados, um no outro, até que o filme acabou, as luzes se acenderam e eles saíram. Na rua eles se olharam, estavam quase chorando, tanto ele como ela. Disseram ciao, e foram embora, Haroldo de volta para o posto, pegar o carro que tinha ficado lá, a moça dobrou a esquina.

Quem quase chora agora sou eu. É a primeira vez que Haroldo conta algo dele. Estamos juntos há cinco anos e é a primeira vez. Por um momento fico achando que talvez não tenha acabado afinal, que ainda passearemos de mãos dadas e nos sentaremos no meio-fio para descansar e que conseguiremos continuar. Mas não sei. Eu tenho essa coisa que quando eu me esforço muito para conseguir algo eu, quando consigo, me dá um enfado, um fastio e já não quero mais o que tanto quis. Saltamos do carro, ele me acompanha até a portaria, ciao, e sai para a rua, para pegar o carro dele.

Fico parada na portaria, olhando para a cara do porteiro e tentando me situar, como é mesmo o nome dele.

Eu estou aqui mas parte de mim ainda não está. As valises. E um berimbau. São quase oito, às oito o japonês disse que viria, é melhor eu conseguir me situar, depois eu vejo, depois eu penso.

O elevador pára no segundo e meu vizinho me cumprimenta tentando não ter a indelicadeza de examinar as duas valises de material sintético imitando couro de crocodilo verde, o berimbau completo embrulhado em um plástico transparente, o pratinho com um pedaço de bolo que minha mãe me empurrou cochichando: leva senão sua irmã come, ou meus olhos avermelhados. O elevador é muito lento, eu olho para cima, uma tentativa de puxá-lo mais depressa para o oitavo. Eu já sabia que as valises seriam de material sintético imitando couro de crocodilo verde porque o japonês me informou, não sei se preocupado que eu pensasse que ele seria capaz de matar crocodilos verdes tropicais ou se ele imaginou que eu chegaria e haveria inúmeras valises, deixadas por vários japoneses diferentes, e que eu teria dificuldade em saber quais seriam as dele. Acho que afinal estou ficando inteira outra vez, a imagem de mim — com crocodilos etiquetados pela Air Japan, berimbau, bolo, tentando descobrir alguma coisa bem banal para dizer para meu vizinho — me invade e eu, sim, estou quase bem. Falo um ciao um pouco mais alegre do que o esperado por ele, salto, abro minha porta, a gata me cumprimenta.

Mister Nakayama precisava fazer check-out do hotel, que é em São Conrado, até meio-dia, o vôo dele é à meia-noite e meia, perguntou se podia deixar as malas aqui para poder aproveitar o último dia, perguntou se, no caso de termos tempo, eu poderia levá-lo outra vez à casa de show aonde eu o levei na quinta-feira porque ele adorou, perguntou se eu trocaria os yens que sobrassem, perguntou quando eu iria a Tóquio. São quase oito, eu desabo no sofá, na minha frente o telefone pisca avisando que há recados gravados e, mais na minha frente, o armário da sala e dentro dele, na parte de baixo, atrás da portinhola que nunca é aberta, está guardado o quadro mal pintado de uma menina gorda, nua e ruiva.

A MULHER QUE GUARDOU O QUADRO

Fui poucas vezes a cemitérios. Em uma delas durante minha única gravidez. Eu queria pegar mudas de flores. De todos os lugares onde eu poderia fazer isso, fui a um cemitério e logo depois, alguns poucos dias, sofria um aborto. Na clínica, aonde cheguei sozinha, a atendente pediu meu nome e eu hesitei, pouco acostumada ao sobrenome de casada.

Sousa, Maria Teresa Sousa.

E fiquei olhando, em geral as pessoas achavam engraçado, o Sousa, meus amigos diziam que era nome de cartomante. Logo depois ela pedia meu número de telefone e nova hesitação, não tínhamos, usávamos, nas urgências, o da vizinha de baixo, nossa amiga. A atendente deu um sorrisinho de escárnio, ela estava certa de que eu, tão mocinha, tinha engravidado quando não podia e agora mentia sobre o nome e o resto, depois de ter tentado me livrar do feto por métodos próprios. Depois chegava meu marido, que pena, Tisiquinha, e choramos juntos e nos consolamos rapidamente. Sabíamos ambos que não iríamos conseguir manter uma criança. Não conheço o cemitério de Miracema.

Mr. Akiro Nakayama, na minha frente, tem uma cara completamente neutra. Eu repito, meu pai morreu, e fico tentada a mudar de idioma e de defunto, aujourd'hui ma mère est morte, mas ele não tem o menor jeito de quem vai apreciar a ironia dos meus lugares-comuns. É o representante em Tóquio de uma multinacional de serviços de viagem e não sai desse papel. A diretoria foi unânime em achar que um contato pessoal — aproveitando a estada dele aqui por motivos particulares — em muito impulsionaria nossos negócios. Eu também acho. Tenho certeza de que, daqui para a frente, todos os faxes — raramente nos falamos por telefone, quando nosso escritório fecha o dele abre — passarão a terminar com um Best Regards, Akiro Nakayama.

Hoje terminam com um Regards, Akiro Nakayama.

Mas ele enfim entende que eu não estou muito bem e que talvez não dê para voltar à casa de show. A morte do meu pai, reembalada depois de uma semana, produz em mr. Nakayama uma cara de teatro. Encomprida o queixo, arregala o olho, abre a boca e fica lá, exprimindo surpresa e desolação educada para que eu veja. E continua lá, um pouco talvez por não saber o que fazer a seguir. Ele me trouxe um presente do Japão, um prato de madeira com um aplique de madeira de cor diferente no formato de um peixe. Eu disse que era lindo e agora ele observa, muito satisfeito, o prato em lugar nobre, em cima da minha mesa de jantar. Acho que ele espera que eu dê alguma coisa para ele, algo que ele leve de lembrança para o Japão, mas não comprei nada. Posso dar uma pintura primitiva brasileira, um nu artístico, representando uma menina ruiva, very interesting. Não, deixa eu pensar a sério. Um café, um pacote fechado de café do armário da cozinha, very good Brazilian coffee, me arrisco a continuar recebendo faxes Regards simples.

Eu achei que eu ia subir, desabar no sofá, esperar o mr. Nakayama chegar, dizer para ele que não ia dar, ele pegava as valises, very nice to meet you, ainda haveria umas boas horas antes do vôo mas eu diria maravilhas do restaurante do aeroporto.

Ele pergunta se pode tomar um banho.

Digo que claro, com expressão de que não há nada mais corriqueiro do que ter japoneses desconhecidos dentro do meu boxe e enquanto isso procuro fazer um rápido inventário do que haveria, de muito íntimo, no meu banheiro, mas não consigo, faz tanto tempo desde hoje de manhã. Arranjo uma toalha limpa. Fico na sala olhando em volta, um pouco de sentido era bom. Não precisa muito, mas um pouco sempre ajuda. O telefone continua piscando. A gata sumiu, como sempre some, quando há outras pessoas na casa, vai buscar o sentido nos cantos dela, que não mudam, esperta.

Piora quando ele sai do banho e com as mãos gorduchas sobre o joelho senta na poltrona esperando claramente que eu faça alguma coisa.

Mudo de idéia.

A MULHER QUE ESTAVA EXAUSTA MAS RESOLVEU IR

O flanelinha diz agressivo: cinco pratas, madame. Eu falo — baixo, mr. Nakayama pode entender alguma coisa de espanhol e adivinhar o resto:

O que é isso, nem vou demorar, estou aqui com um cliente que embarca daqui a pouco.

O flanelinha ri um riso de pouco dente e diz que então tudo bem, na volta eu acerto uma coisinha, ele achou que a madame fosse turista também e eu fico pensando no que será que ele entendeu por cliente, mas paciência.

Disse a mr. Nakayama que iríamos ao mesmo show do outro dia, que eles mudam sempre o repertório, ele certamente gostaria muito dessa vez também, mas nem preciso me esforçar, ele está entusiasmadíssimo, oh, yes, samba, o show é de salsa.

Volto na esperança de hoje estar menos cheio e eu poder falar com meu amigo, que toca bongô no show, só dizer um olá, achei que me faria bem, o riso dele, a atitude que ele tem comigo de que nós, eu e ele, trabalhamos, profissionais, horas precisas, todos os dias, não importa o que aconteça, fazemos o que precisa ser feito.

A MULHER QUE MORAVA NA TERRA DE MARLBORO

Da primeira vez, na quinta-feira, o garçom veio dizer que meu amigo tinha ordenado um desconto. Respondi com um aceno de longe que não precisava: quem estava pagando era a empresa. Mas não nos falamos, era a abertura do show, o lugar estava lotado.

A mesa é de fundos mais uma vez, é a última disponível, longe do palco. Sentamos, mr. Nakayama e eu, em um intervalo de bundas sincronizadas que vão todas juntas para um lado e depois para o outro lado, as pessoas de costas para a mesa, de frente para o palco, que está longe. De um lado os três cafajestes de sempre, uísque escocês na mesa, palavrões. De outro o casal bela-e-quem-me-dera de sempre, ela, uma filha dele, muito à vontade em um minitubinho preto, ele fazendo de tudo para parecer muito à vontade em um tênis tinindo de novo. Dançam perto da mesa, ele não querendo ficar longe de sua pochete, que não é transparente mas é: dentro, um Visa, Master Card, Diners, cartões dos bancos, American Express, talão de cheques, celular e a chave do carrão. Mais além um pouco, duas mulheres dançando juntas-separadas, provavelmente lésbicas aproveitando a dança, não individualizada por casal, para se distrair um pouco.

Um campari e uma cerveja, a terceira de mr. Nakayama, as duas primeiras tendo sido ainda na minha casa, uma antes, outra depois do banho. O quinto, acho, meu. Mas não tomo, apenas preciso compor o cenário. Se não peço nada, crio um constrangimento e então, se é para pedir, peço vermelho e grande.

Mr. Nakayama fala algo que eu não entendo, o som é bem alto, mas concordo imediatamente. Destacando-se no mar de bundas, um mesmo casal que também estava da primeira vez. Ela tem mais ou menos a minha idade, vestido vermelho, e de repente me ocorre que eu voltei para ver essa mulher dançar, ela e seu par.

Dançam maravilhosamente. São dançarinos profissionais, contratados pela casa, eu sei disso, já levei muito turista a shows para não notar: bebem apenas água mineral cuja garrafa e copos pedem licença para deixar em um canto de nossa mesa.

Ela não é bonita, tem a pele maltratada, pinta-se pouco, na exata medida para não chamar a atenção nem por excesso nem por falta mas o vestido é vermelho, decotado nas costas e ela dança sabendo que uma dança é exatamente isso, uma trepada em sociedade. Seu par é um merdinha. Da primeira vez que os vi, ainda na quinta-feira, pensei que ela merecia coisa melhor. Pequeno, franzino, muito pálido, o cabelo tratado com algum produto que o deixa brilhando e duro, alguns fios duros caindo no meio da testa, os dedos brancos, muito finos e compridos, com um anel, camisa branca de manga comprida, calça preta, cinto preto cuja ponta cai displicente por cima da braguilha, sapato preto. Depois, fui começando a achar que ele era atraente, depois que ele era muito atraente, confirmo agora que ele é muito atraente e ela também. Dançam. Ao contrário das outras pessoas, que dançam em grupo, eles dançam só os dois e se olhando nos olhos, devem se conhecer há muito tempo. Ele guia apenas com um dedo. Apenas um dedo comprido de sua mão muito branca encosta nas costas nuas dela e é esse dedo que dá a ela a direção da dança.

Ele rebola tanto ou mais do que ela com seus quadris pequenos e magros. Só um homem que trepa muito bem tem a segurança de rebolar desse jeito. Saímos mas eu gostaria de ter ficado, gostaria de ser a mulher de vermelho mas Akiro, call me Akiro, já virou mais uma cerveja e está dizendo agora que tudo é uma maravilha mas que são dez e meia, e bate com o dedo no seu relógio de ouro. A mim, restam os óculos de aro de tartaruga em cima da mesa. Ponho, vou dirigir.

Uma reta para ir, a bagagem, take care, nice to meet you, outra reta para voltar, eu não estou com sono. Aperto afinal a tecla do telefone para ouvir o recado que eu já sei qual é, pelo qual estou esperando há tantos dias.

Disco o número que conheço desde sempre, ele não diz nem alô.

Demorou para ligar, Titica.

É o único a incluir Titica em meus apelidos, houve época em que eu achava bonitinho.

Um japonês da firma.

Ah.

Mas ele precisa falar comigo.

Mas é quase meia-noite.

E daí? Aviso o porteiro, você põe o carro na garagem.

Não é esse o ponto. Ele mora perto de mim, na entrada do Dona Marta. Um edifício da época em que favela não era favela mas barracos pendurados lá no morro, minha vida um palco iluminado, nós vestidos de dourado etc. Ele tem vários outros imóveis, mas a lógica é econômica. Este da entrada do Dona Marta é o que daria aluguel mais baixo, então é onde ele mora. Mas edifício de beira de favela não tem roubo de carro, diz ele que é porque não interessam ocorrências desse tipo dentro do território. Como ele diz isso sempre com um ar de falso malandro, tenho uma implicância particular com essa explicação. Quando nos separamos e ele foi morar lá, houve uma discussão uma vez com um mecânico das redondezas e ele foi xingado de pirangueiro. Ficamos perplexos. O mecânico tinha sido convocado por causa de um problema no meu carro e eu estava presente.

Pelo tom, era caso de briga.

Depois, no dicionário, a confirmação: vil, reles.

Mas aí já era tarde, ele não podia voltar e socar o homem assim, três horas depois, certo? O mecânico se chamava Tonico e era um armário. De vez em quando ainda é visto em uma motocicleta a toda, cano de descarga aberto, pela rua do edifício. Nunca mais criou problema. Foi o único incidente em todo esse tempo, então a questão não era pôr ou não pôr o carro na garagem. Mas digo que está bem.

Que a mocinha tem pentelhos oxigenados. Que ela nem se compara com aquela outra mocinha. E fala da aluna da Rural de grandes brigas e reconciliações maiores ainda. Mas que a mocinha vive rindo e ele chegou em um momento da vida em que precisa dessa alegria.Quase chora de pena dele mesmo. Balança o copo com campari. Se eu gosto do John Colkin, ela põe música o dia inteiro, se eu conheço o John Colkin, ele põe para eu ouvir. Ele não diz mas eu sei, a mocinha é aeromoça, alguns dias aqui, outros longe, um homem prático. Me lembro de repente da Huguette, uma aeromoça que eu conheci quando entrei para a Air France e que era famosa pelo mau humor. Huguette uma vez foi presa. Trazia contrabando na sua bolsa de viagem, passou pelo fiscal na elegância, toc, toc, do sapato de salto sete do uniforme de então — depois o uniforme mudou. A bolsa firme no braço embora quase cortasse a pele de tão pesada. Depois parou no café. Pegou a alça com as duas mãos e soltou no balcão enquanto dizia ai, porra. E: um cafezinho, por favor. Outro fiscal estava do lado. Foi presa na hora. Relógios suíços. Para a época, milder times, era o que se chamaria de uma mulher perigosa. Mas meu ex-marido continua falando.

Que o casamento foi na verdade uma cerimônia muito simples, apenas um representante do cartório e alguns, poucos, convidados, todos da parte dela.

Achei melhor assim, sabe.

Era isso o que ele queria me dizer, um pedido de desculpas, ou quase. Ele põe mais uma cor no copo dele.

Só estou bebendo coisa leve agora, vou me cuidar, você vai ver.

E o olho, vermelho, não por causa do quase-choro, mas por causa dos quase sessenta anos de vodca, primeiro com laranja, água tônica, limão e, nos últimos tempos, pura mesmo.

Saio ele dizendo mais uma vez o seu repertório de frases inteligentes ou que, por um tempo, eu achava inteligentes. Falei da morte de meu pai, ele ainda não sabia, foi o que desencadeou as frases.

Na rua as ruas de Madri me espiam com suas sombras, os panos marrons de sujeira, algumas das sombras se mexem, outras brilham, úmidas, não que tenha chovido, sopra um vento quente. Uma umidade que não seca mais.

O caminhão de lixo está fazendo o recolhimento noturno da minha rua e eu espero, atrás dele, que sua boca crie, mais uma vez, em uma insistência teimosa, os vazios de Velásquez. Enfim vistos, enfim notados, depois de tantos séculos. O caminhão engole os sacos pretos e anda mais um pouco, dessa vez se encostando para que eu passe.

9

A gata se mexe e me deixa um frio desenhando o lugar que ocupava, na minha perna, são seis e é um domingo, não preciso abrir o olho para saber disso.

O DOMINGO QUE VOLTAVA DE SETE EM SETE DIAS

Eu ia levantar, tomar café, dar comida para a gata, arrumar a cama, me vestir e sair, iria até um lugar que pode ser qualquer lugar, estacionar o carro, saltar e começar a andar para qualquer direção. Até cansar. Mas espero Haroldo, que ficou de passar cedo. E aí iremos até algum lugar que pode ser qualquer lugar sem olhar muito para a cara um do outro, mas de mãos dadas, um hábito antigo que resolvemos, relutantes, reencenar depois de nosso reencontro. Passamos uns tempos sem nos ver.

Ele trepou com a moça do cinema em Miracema. Disse que nunca fez isso na vida e eu acredito, a cara de estrangeirão, os gestos lentos. Disse que quando se sentou ao lado dela, voltou, como sempre voltou em todas as vezes que a viu, a visão dela sentada na cama, os seios nus. Mas que dessa vez ele simplesmente pegou os seios dela e ela não se afastou. Foram para o banheiro, o cinema praticamente vazio. Disse que não levou nem dois minutos, que nunca tinha feito nada nem parecido. Sentaram-se depois não mais nos lugares que estavam ocupando antes, mas nos bancos mais perto da porta do banheiro. Sentaram só para recuperar o fôlego. As luzes se acenderam, o filme tinha terminado, ainda ficaram por mais uns instantes sentados. Depois levantaram, se agarrando um no outro para poder andar, continuar. Chegaram na rua, a luz forte, não disseram ciao, apenas se deram adeus, com as mãos.

O quadro da minha irmã não está mais aqui. Joguei fora, incrível como foi fácil pegar o quadro e jogá-lo fora. Ainda antes, nos ensaios para jogá-lo fora, pensei em quebrar a estrutura de madeira da tela, assim não seria mais um quadro, mas lixo mesmo. Cheguei a pegar o meu kit mulher-independente, uma caixa que uma amiga me deu com um martelo, uma chave de fenda, um potinho com pregos, um alicate e um chinelo, um só, para matar baratas. Mas tornei a guardar o kit sem nem abri-lo. Eu estava saindo para o trabalho, quando passei pela sala em direção à porta, abri o armário, peguei o quadro e coloquei ao lado da lixeira, chamei o elevador. Quando voltei não estava mais lá.

Agora estou me policiando para não ficar mais acariciando-apertando o lugar do tiro. Não dói mais, não dói há muito tempo, não doeu naquele dia. Quando meu pai agarrou meu braço bem em cima do lugar do tiro, na luta para recuperar o quadro que eu tinha tirado das mãos dele, não é que tenha doído. É uma lembrança da dor, só. Não sei por que tive a raiva que tive, talvez ele também nunca tenha sabido por que, ou como, exatamente, ficava com tanta raiva. Somos parecidos. O problema é que somos parecidos. Quando ele caiu dentro da banheira, com meu empurrão, a toalha que estava enrolada na sua cintura também caiu e eu saí, apavorada. Mas fiquei no terraço não sei dizer por quanto tempo, tentando recuperar a respiração porque do jeito que eu estava eu não conseguiria dar nem um passo. Ventava e a luz da lâmpada se mexia no chão de vermelhão, o mundo se mexia. O saco de plástico enganchado no galho da matinha parecia dançar feliz, dançava em silêncio, acintoso, desconectado, duas realidades em paralelo.

O vizinho que era médico mentiu ao afirmar que tinha sido morte instantânea. Ouvi alguns barulhos de água atrás de mim e foi isso que fez com que eu me mexesse, minhas pernas se mexessem, eu fosse para o carro. Pensei que meu pai iria sair da banheira, todo molhado e nu, ao meu encalço e corri como não corria há muito tempo. Entrei no carro e quando consegui colocar a chave na ignição dei partida, mas parei logo depois em uma esquina, onde fiquei até que o suor me acordasse com o frio. Dormi, toda suada, sentada ao volante. Acordei com o frio. Estava enjoada. Achei que o vento na cara poderia me ajudar, embora fosse piorar o meu frio.

Acabei que vim.

Na segunda-feira o telefonema me contou o fim da história.

Haroldo sabe disso, contei para ele. Contei depois de ter jogado o quadro fora. Ele poderia querer ver o quadro e essa idéia me deu pânico. Uma intimidade que eu não suportaria.

Agora andamos, nos fins de semana, um ao lado do outro, procurando novas caras para vestir, sem saber como falar, o que fazer com as mãos.

No trabalho há poucos dias eu vi, em cima da mesa de um colega, um folheto. Fiquei olhando para a capa do folheto sem reconhecer mas reconhecendo. Mudaram uma capa que eu tinha feito e eu fiquei olhando para o título, "O romance de Evita com Gardel — Uma semana". Mas a figura não combinava. Peguei o folheto com a mão e fiquei olhando, a cabeça lerda, tentando saber se eu conhecia ou não conhecia o que eu estava vendo. Uma sensação de deslocamento, de estranheza, de mim fora do lugar, de algo fora do lugar.

Velásquez segue me olhando quando não deveria estar me olhando, a mim, que estou olhando uma cena que também não deveria estar olhando, pois quem está olhando a cena — está lá, no espelho — é a rainha de Espanha, é minha mãe. Um dia, andando na rua, vi num relance o espelho torto do quartinho dos fundos do apartamento de Copacabana e no reflexo pouco nítido consegui ver, por um tempo muito pequeno, a figura da minha mãe, atrás de mim, na porta do quartinho, foi um segundo, eu parei na rua, toda suada, tinha esquecido já, o que mesmo eu tinha visto? mas fiz um esforço, fiquei lá parada, plena avenida Rio Branco, olhando o nada, me dizendo que dessa vez eu queria me lembrar, dessa vez eu queria e então veio, penosamente, outra vez, o armário, o espelho, o reflexo do espelho, outra vez, não tenho a menor idéia de como foi que isso me veio assim, no meio da rua, nem sequer pensando no assunto eu estava. Pouco depois eu reencontrei Haroldo.

O olhar dele pode me ajudar. É difícil para mim, me dizer que alguém afinal pode me ajudar. Mas ele tem um olhar sem histórias e eu não tenho mais histórias.

ESTA OBRA FOI COMPOSTA PELA HELVÉ-
TICA EDITORIAL EM GARAMOND E IMPRES-
SA PELA BARTIRA GRÁFICA E EDITORA EM
OFF-SET SOBRE PAPEL PÓLEN BOLD DA
COMPANHIA SUZANO PARA A EDITORA
SCHWARCZ EM OUTUBRO DE 1998.